公元787年，唐封疆大吏马总集诸子精华，编著成《意林》一书6卷，流传至今

意林：始于公元787年，距今1200余年

一则故事　改变一生

偶像怎么可以这么甜

猫小橘 / 著

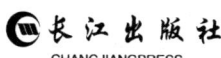

版权所有　侵权必究

图书在版编目（CIP）数据

偶像怎么可以这么甜 / 猫小橘著.
— 武汉：长江出版社，2019.11
ISBN 978-7-5492-6804-7

Ⅰ.①偶… Ⅱ.①猫… Ⅲ.①长篇小说—中国—当代
Ⅳ.①I247.5

中国版本图书馆CIP数据核字(2019)第251781号

偶像怎么可以这么甜
OUXIANG ZENME KEYI ZHEMETIAN

作　　者	猫小橘
出　　版	长江出版社
	（武汉市解放大道1863号）
选题策划	靳　丽
市场发行	长江出版社发行部
网　　址	http://www.cjpress.com.cn
责任编辑	李　恒
封面设计	马骁尧
装帧设计	王　宁
印　　刷	三河市宏图印务有限公司
版　　次	2019年11月第1版
印　　次	2019年11月第1次印刷
开　　本	880mm×1230mm　1/32
印　　张	7.5
字　　数	170千字
书　　号	978-7-5492-6804-7
定　　价	36.80元

版权所有　盗版必究（举报电话：027-82926804）
（如发现印装质量问题，请与印务部联系退换，电话：010-51908584）

- **第一章 / 001**·
  你敢拒绝我，我就去当明星

- **第二章 / 023**·
  原来，我的爱豆爱"吃瓜"

- **第三章 / 043**·
  人气大明星限时特价，买一送一

- **第四章 / 063**·
  追得到我，算你赢

- **第五章 / 079**·
  我的小欢欣，你真的知道吗

- **第六章 / 095**·
  当爱只有一点点

- **第七章 / 117** -
云捎来心动的信号

- **第八章 / 137** -
我不会谈恋爱,你教教我

- **第九章 / 153** -
偶像大人,你的脸怎么红了

- **第十章 / 175** -
就想追你一辈子,你有意见啊

- **第十一章 / 195** -
爱你,我不客气了

- **第十二章 / 213** -
相逢从来都不会晚

- **尾 声 / 231** -

第一章

你敢拒绝我,我就去当明星

喜欢一个人,就应该让对方知道。

1

"今天下午,知名影星夏隼佑出现在《微光时代》的录制现场,这是夏隼佑继《裂隙》上映以来首次参加综艺活动,据悉他将担任特邀嘉宾,培训进入复赛的选手,让选手们能够更好地在镜头前展现自己……"

景云半死不活地趴在凉席上,几乎是哀求一般地说:"你能不能小声一点儿?"

"可是夏隼佑不是你爱豆吗?"

"我只是个专注我偶像事业的粉丝而已,对其他的事情不感兴趣。"景云捂着胳膊,一脸痛苦地说,"我觉得我应该活不到明天了……"

"拜托,你只是肩膀脱臼而已,哪有那么夸张?"室友秦简没好气地笑了起来,却还是将笔记本电脑的音量关小了一些。

那是下午两点,宿舍楼最安静的时候。好不容易上了大学,景云还想着要大施拳脚一番,谁知道军训才结束,就成了"残废"。

景云所在的学校是最好的理工学校之一,军训也与众不同,是在国防训练基地进行的。对待这些未来的国之栋梁,教官一点儿都不客气,于是这些天之骄子还没来得及摩拳擦掌,就先上了人生最重要的一课——顽强。

景云并不是一个柔弱的女孩子,她只是习惯了什么都要做到最好,悬吊障碍一直没过关,她就趁午休时一个人跑去练习,结果"咔嚓"一声,胳膊脱臼了,直到军训后都没有恢复。她吊着一个黑色的固定支架,看起来十分诡异。

学校宿舍是四人间,三个舍友,一个是每天泡在图书馆的书呆子,

一个是不知所终的怪异少女,只有秦简对她最好,每天扶着景云进进出出,帮她打饭。

但秦简的怪癖也很多,喜欢边看综艺边学习,还喜欢偷偷研究化妆,却从来不让外人看到她化妆的样子。她比景云大了几个月,高度近视,总是面无表情地讲着冷笑话,刚开学,就跟其他宿舍的女生都混熟了。

人生第一次离家,景云又兴奋,又惶恐,害怕自己不讨别人喜欢,就尽量保持低调,谁知道还未正式开学,她就彻底出名了,还是以一种奇怪的方式。

"伊景云?我们学校也有个叫伊景云的女孩子,经管系的新生,是她吗?"

走廊上传来一阵谈话声,景云下意识地抬头,跟秦简面面相觑。

"好像就是她吧?她跟岑亦湛是同一个地方的!看微博风格也很像!"

"我的天哪!我们学校一下子有两个相关人士!也太热闹了吧?"

声音越来越近,听起来有十几个人在朝这边走来。秦简好奇地打开门,她们便立即拥了进来,兴奋地望着景云道:"微博上那个账号'景云今天也要加油啊'是你吗?"

景云艰难地从地上坐了起来,想了半天,才想起来自己是有一个微博,还是高一时为了督促自己学习而特意申请的,微博上除了"每天背单词200个""早晨跑步30分钟"之外几乎什么都没有,而且进入高二之后,就再也没登录过。

"是我的微博,怎么了?"

景云一脸茫然,其他的女生便集体尖叫起来:"岑亦湛是不是追过你?"

"岑亦湛是谁?"

"你没看《微光时代》吗?是票数最高的选手之一,长得超帅的那个男生!"隔壁宿舍的女生已经快喊破喉咙了,其他人跟着补充,"还是个富二代!格隆食品集团的公子!"

景云皱眉,在脑海里检索着这个名字,过了好久好久,才瞪大眼睛:"是那个浑蛋!"

浑蛋?

一众女生都愣了一下,看到景云愤怒地站了起来,握紧拳头说:"他又干什么蠢事儿了?这次我一定不会放过他!"

在景云的家乡,岑亦湛实在是个太有名的男生,格隆集团是小城里屈指可数的上市公司,于是连带着生活里的点点滴滴都被人关注着。岑家生意做得不算大,却很讲究排场,十多年前,在公司刚上市的时候,岑亦湛的爸爸就买了一辆全球限量发售的劳斯莱斯,开到哪里都能被人认出来。高一的时候景云见过那辆车,她跟好友沈沐怡去步行街的书店买书,看到那辆银灰色的庞然大物,宛若怪物一样堵在路口。那车比别的车子都大一些,崭新,锃亮,有种耀武扬威的架势。

"那就是岑家的车子!"沈沐怡道。

马路上到处都是人,那样的一辆车堵在路口,只会让交通更加不畅。景云不高兴地说:"既然要来步行街,干吗还把车子停在那里?"

"不在人多的地方出现还怎么炫耀啊?"

两个人一前一后地绕了过去,总算到达步行街的主路,马路对面有一个乞丐正在表演节目,闹哄哄的,沈沐怡突然指着一个男生说:"他就是岑亦湛。"

印象中,那是个个子很高的男孩子,戴着一顶棒球帽,肩膀很宽。他站在人群之中,景云根本看不清他的样子,只记得沈沐怡说:"你见到他要躲得远远的才行,听说他很凶的。"

"我才不会认识他呢!"景云道。

可是高二那一年,也不知道为什么,岑亦湛突然出现在景云所在的学校,拦住景云道:"我有话想跟你说。"

景云念的是全省数一数二的重点中学,最后一节课是体育课,她去了马路对面的超市买饮料,一见到路边那辆车子就警觉起来,总算见到了岑亦湛其人,瞪大眼睛,不客气地说:"我不认识你!"

"我叫岑亦湛,你叫伊景云,现在我们算认识了。"

他看人的时候目光很专注,有种咄咄逼人的架势。其实他长得非常英俊,剑眉星目,高挺的鼻梁,脸部线条也非常锋利,但不知道为什么,就是显得有些傲慢。很少有人能直视岑亦湛的,景云却例外,作为市里也算赫赫有名的优秀学生代表,她有她的骄傲。她退后一步道:"我不想跟你说话!"

岑亦湛皱了皱眉,问:"为什么?"

"不为什么!"

景云说着就绕开他,岑亦湛伸手,试图拦住她,她条件反射地躲开,并用力踢了他一脚。岑亦湛毫无防备,低头看着白色运动鞋上的脚印,立即愤怒起来,喝道:"你干什么?"

"光天化日之下你休想骚扰我!"景云一脸正气,不卑不亢地说,

"这里是学校,我不想跟你说话就是不想跟你说话,你听不懂吗?"

岑亦湛侧头看了她半天,才沉吟道:"我们会再见面的。"

他拉开车门离开,景云则面无表情地望着那辆车子远去。她其实是有点害怕的,但绝对不会表现出来。

一周之后,一封"情书"出现在景云的作业本里。那是封相当肉麻的情书,大意是跟景云"约会"过一次之后,岑亦湛就"难以忘怀",有关"我们两个人的未来","我一定不会辜负你对我的期待"……

"情书"写在一张唯美的信纸上,用词大胆、热烈,字迹非同寻常的难看,还布满错别字。景云被班主任叫到办公室里,只看了一眼就咆哮起来:"我不认识他!"

景云的班主任也不相信景云会跟岑亦湛有什么关系,道:"我的意思是说,你是不是跟他有什么误会?如果有什么事,你一定要跟老师说,必要的时候可以让老师或者家长陪你一起上学放学。"

岑亦湛的名声可见一斑。

景云不屑地把他写的情书踩在脚下,因为那封该死的"情书",她整整一个学期都过得小心翼翼,倒是不怕岑亦湛,却也不想给自己或别人惹来什么麻烦。岑家是大户人家,对普通人来说,跟岑家接触越少越安全——虽然景云也没有想明白其中的逻辑,但旁人都这么说,似乎就有旁人的道理。

好在没过多久岑亦湛就去美国了,据说是参加了一个交换生项目,景云松了口气,一眨眼就忘记了这个人。谁知道千辛万苦到了大学,这个名字又冒出来了。

"他又想怎么样?"景云怒气冲冲地望着宿舍门口的女生,大家则一脸惊讶,小心翼翼地说:"他……在节目上跟你表白了!"

"啊?"

景云呆住,表白?

绚丽的片头过后,是一张又一张年轻的少年面孔。《微光时代》是这个暑假收视率最高的选秀节目之一,旨在以选秀的形式推出一个全新的偶像男团。"每个人都有不同的特色,每个特点都是微小的光,合在一起,才能创造新的时代"——这是节目的主题。

军训的缘故,景云一期都没有看过,秦简用电脑搜了有关岑亦湛的节目片段,把屏幕转向景云。他剪短了头发,薄薄一层毛寸,让五官更为凌厉。景云原本已经忘记他长什么样子了,再看到时,才又回到了那个夏天。

"他是为了参加节目特意剪的这个发型!"隔壁宿舍的一个女生解释说,"大家都说只有真正的帅哥才敢剪这个发型,他就干脆剪短了!"

景云的宿舍挤满了女生,大家都围在电脑周围,边看边帮景云补充,格外热闹。刚刚午睡醒来的其他女生也都被吸引过来,四处打听:"怎么了?发生什么事了?"

"我们学校有个女生被岑亦湛当着全国观众的面表白了!"

隐秘的尖叫声四处传来,让景云觉得烦躁不安。时隔两年,一想到岑亦湛,她还是非常烦躁,一想到被那个男生注视的感觉,就整个人都紧张起来。

"为什么来参加选秀?"节目组问。

"追女生。"岑亦湛面无表情地回答,"听说她喜欢明星。"

现场的选手都笑了起来，岑亦湛却还是不为所动地站在那里。当节目组问他有什么特长时，他才抬了抬眼，道：“长得好看。”

当他的目光转向镜头时，所有的女生都尖叫起来：“你不觉得他超帅吗？”

"不觉得！"景云大叫着合上笔记本电脑，问，"可是你们怎么知道他说的女生是我啊？"

"因为他微博就关注了十几个人，除了你之外，剩下的都是服装品牌和体育资讯号。"

"那也不能证明就是我啊！"

"他昨天说了他喜欢的女生姓伊！还说很喜欢这个姓，是伊人的伊。"

景云呆滞半晌，却还是坚持着：“那也不一定是我啊！”

"你们两个不是同一个城市的人吗？都这么多巧合了！"

好像根本就没有什么狡辩的余地。

景云的脑子转了半天，依然搞不明白究竟发生了什么事，最后生气又尴尬地说：“我能不能一个人待会儿？”

"好的，我们不打扰你了！"一个叫小溪的女孩子维持着秩序，道，"我们都走吧！让景云静一静……"

小溪比她们高一个年级，已经大二了，是电商系知名女神，她身材小巧，皮肤白皙，一头长发，总是穿着漂亮的连衣裙，在女生宿舍楼有着非同凡响的影响力。把大家都劝走了，她才拍了拍景云的肩膀，八卦地说：“你慢慢冷静，冷静好了第一时间告诉我啊！”

过了好久宿舍才重新安静下来，景云垂着一只胳膊，另一只手则打开手机，登录了那个好久没有打开的微博，结果发现自己多了几万粉丝的关注，还有一大堆的评论和私信。她很快就搜到了岑亦

湛的微博，点开他的关注列表，正如大家所说，除了企业号，就只剩下自己一个默默无闻的账号。"景云今天也要加油啊"的 ID，在一众体育资讯、品牌蓝 V 之间格外醒目，难怪很快就被人猜到是自己了。

景云完全想不明白岑亦湛为什么要关注自己，又为什么要在节目上提到自己，但看到评论区里有人说"这个女生如今一定后悔死了"，她的怒火就燃了起来。

我根本不认识岑亦湛，请不要再来烦我了！打完这行字，景云点击发送。

一瞬间提示音就不停地响起，景云点开，看到大家兴奋至极的回应：

前排围观！

女主角总算露面了！

哈哈哈，别装了，岑亦湛都直接点名了！

你答应他好了！

怎么会有这么多无聊的人在关注着别人的点点滴滴？景云十分震惊，但更多的还是气恼，她毫不犹豫地回复：谁会喜欢一个情书都布满错别字的人？你们这些人有什么毛病？

"景云……"一直刷新着手机的秦简忽然道，"你这样不太好吧？"

"怎么了？"

"没必要跟网友吵架啦。"

"不行，我必须得解释清楚，这事关我的名声！"景云单手打字，回复着那些有内容的网友留言，致力于说明岑亦湛有多讨厌。

秦简呆滞地望着她，本来她还以为，不跟网友吵架是当代青年的生存常识呢，见到景云，才发现根本不是那么回事儿。

景云想象的大学生涯肯定不是现在这个样子的：每天一睁开眼睛，就下意识地打开微博；手机不停地振动着，全都是别人发过来的信息，有高中同学的消息，也有父母的消息；小溪特意建了一个八卦群，每天跟景云分享着娱乐圈的八卦……

军训过后的小周末，景云几乎都是抱着手机度过的，连生活用品都没有买齐。秦简无奈地说："我说你别跟他们吵了，再吵下去你连学都没法上了。"

景云自己也觉得疲倦，把手机丢到一边，道："可是我真的很生气。"

"有什么好生气的啊？《微光时代》是封闭型录制，选手会被没收手机，你再怎么吵，他也看不到，说不定之后他就会回复你了。"

"谁稀罕他的回复啊？那个人蠢得要死，不给别人添麻烦就不错了！"

"你干吗那么讨厌他？不是说根本不认识吗？"

"讨厌废物不是很正常吗？他除了家境不错以外，一点儿能拿得出手的东西都没有，白白浪费了十多年光阴，既不珍惜时间，也不懂得尊重别人，正常人都应该讨厌他才对！"

景云越讲越气，秦简望了她一会儿，突然笑了，说："我倒觉得他挺好的，我很喜欢他那句话，'喜欢一个人，就应该让对方知道'。"

那是岑亦湛在解释为什么会跟女生表白时说过的话，秦简解释了半天，景云才知道，在娱乐圈，爱豆其实是不能谈恋爱的，因为经纪公司不允许，但他似乎很坦率，在跟其他选手交流时淡淡地说了句："我不想参考别人的经验。"

"这个人也太自大了！"景云皱眉道，"关键是，你居然看了他的节目啊？"

"那当然了！这可是我人生离八卦最近的一次！"

"无聊！"

景云暗骂一声，环顾宿舍一周，忽然又泄气了，撒娇道："好秦简，你陪我去超市好不好？"

"走吧！"秦简合上电脑，站起来帮景云穿衣服。

九月，天气还很炎热，正是傍晚，火烧云将整个校园都染成金红色。景云所在的学校地段很好，四周都是知名高校，马路宽广而热闹，跟家乡一点儿都不一样。初来北京的人总是会被那种雄伟和壮阔感染，尤其是来念书的人，会发自内心地感到骄傲。

靠近宿舍的后门处有家超市，面积虽然不大，所需物品却一应俱全。景云和秦简一起朝那边走过去，走过路过的女生都望着她笑，她倒也习惯了，很腼腆地回应她们。

多亏了那个固定手臂的支架，学校里的学生才能一瞬间就记住景云。她的长相在新生之中并不算最漂亮的，却也有自己的韵味，素雅白净的一张小脸，额头总是有一些毛茸茸的碎发，身材匀称，喜欢穿运动服。景云对化妆打扮之类一直没有兴趣，但也很清楚那是她外表还不错的缘故，以前同城论坛有个校花的投票，景云竟然票数很高，所以岑亦湛来找她的时候，她以为是因为自己票数高，他才来表白的。

而景云喜欢的人，远在城市的另一端，他叫宋涤尘，是一个跟她一样优秀的少年。他有一双很温柔的眼睛，学识丰富，气质卓然，跟岑亦湛一点儿都不一样。

想到他，景云心里就泛起一阵想念。自从军训结束，两个人还没有见过面，不知道他怎么样了。

"你是北京本地人？北京的地铁是不是很复杂？"景云忽然问。

"要看你去哪里，每条线路都不一样的。"

景云报出一所高校的名字，秦简立即眉开眼笑："你要去见谁？谁在那所学校？"

"没有！"景云忽然害羞起来，却又喜滋滋地说，"我就是想见见那些成绩特别好的人！"

"土不土啊你？都什么年代了，还以成绩判断别人！"

"可是我觉得成绩好，就说明脑子聪明，自制力也好，当一个好学生其实并不容易，尤其是这么多年来都不松懈，是一件很伟大的事。"

"太遗憾了，本校几千人都是这样的男生，能来这里的人成绩都不会太差，所以长得好看比较重要。"秦简摊了摊手，侧头望着景云问，"你真的不觉得岑亦湛帅？"

"其实我根本记不住他的脸。"景云也很诚实地回答道，"在节目里看到自己认识的人会觉得很奇怪，不知道应该先看哪里……我只记得他个子很高。"

她的的确确忘记岑亦湛的长相了，屏幕里的那个人，跟她见过的那个男孩子是不大一样的，有一些人你也只是粗略瞥一眼，就划分到好看和不好看的领域，摄像机却会放大很多东西，让眼角眉梢都清晰起来，缺乏真实感。

"跟你想见的那个人比呢?"

"我还是喜欢小尘多一点。"

"所以,你喜欢的男生叫小尘。"

景云歪着头想了一下,才反应过来,尖叫道:"你套我的话!"

秦简哈哈大笑着跑开,景云跟在后面跑,跑到一半,突然想起自己是个大学生了,又端庄起来。景云边走边哼着歌,她一想到自己是个大学生,就觉得格外快乐。

到了晚上,景云才开始整理开学要用的东西。笔、本子、经济学基础教材和辅助书……那厚厚一摞书看起来很有气势,景云一页页翻着,还看不太懂,却能觉察到专业带来的魅力,那一个个平时只在新闻里看到的专业术语,将来,就是区别她跟其他人的重要元素。

她要成为一个非常优秀的成年人。

宿舍里难得人都到齐了,秦简照例在课桌前看综艺,书呆子舒静在背单词,神出鬼没的尹衡正在洗头发——她有一头很长的黑发,像丝绸一样。景云的胳膊总算能活动了,她还在犹豫着要不要拆掉固定支架,就听到有人大叫:"景云!岑亦湛来了!现在就在学校门口!"

景云怔了半天,才怒气冲冲地站起来,决定亲自去见他,把话说清楚。

傍晚的学校门口向来是最热闹的地方,尤其是学校正门,学生们零零散散地在附近吃东西、逛街、散步。一辆越野车停在路旁,周围挤满了叽叽喳喳的少女,岑亦湛站在人群当中,客气而礼貌地

回答着大家的问题,包括其他选秀选手的八卦、夏隼佑的八卦、节目组的八卦……他并非一个难相处的人,只是也不热情罢了,从小就习惯一言不发,看起来冷冰冰的。

景云的学校比他想象的大了很多,门口挂着的那几个金灿灿的牌匾,不知道是多少人的向往。岑亦湛之前就知道她成绩很好,但等他查了那所学校的录取分数线后,吓了一跳,才知道究竟好到了什么程度。

"伊景云来了!"

有人大喊一声,大家都哄笑起来。不管是哪个学校的学生,在看热闹这件事上好像没什么不同。岑亦湛抬头,看到伊景云正跟几个女生朝这边走过来。他下意识地皱起了眉,盯着她身上的固定支架,待她走近了才问:"你的胳膊怎么了?"

"脱臼了。"

"怎么搞的?"

"军训的时候做那个悬吊,悬吊你知道吧……"景云回答到一半才意识到什么,立即叫道,"不对!我干吗要回答你?"

岑亦湛忍不住笑了起来,许久没见,她还是这么有趣,像只警觉的猫咪一样,一见到他就竖起了身上的毛。其实很早以前岑亦湛还以为她只不过是个长相还不错的书呆子,接触之后才发现根本不是那么回事儿,她是个很热闹的人,可以随便因为一点小事就生气或高兴半天,非常自得其乐。

附近的学生给景云都让出了位置,岑亦湛还站在车前,伸手从副驾上拿出一束准备好的鲜花道:"我是来跟你道歉的,听说你跟网友吵了好几天的架?其实没必要的,那些都是节目组的水军,为了节目炒个噱头而已。"

景云倒是没有料到他这么诚实，思索片刻，就掏出手机，问："你能再说一遍吗？"

岑亦湛望着屏幕上的录音软件，不经意地笑了一下。他俯下身来，对着手机，口齿清晰地说："我是岑亦湛，网络上那些粉丝都是节目组买的水军，非常抱歉给伊景云小姐添了麻烦。"

说到这里，他讽刺地抬了抬眼睛，景云翻了个白眼，说："还有呢？"

"什么？"

"表白什么的？"

"很不幸，那件事是真的。"

他挑衅一样地望着景云，继续对着手机说："鉴于我非常喜欢伊景云，希望大家不要打扰——"

话未说完，景云已经迅速收回了手机，速度快得惊人。周围看热闹的人忽然都哈哈大笑起来，更有甚者则举起手机开始录视频。景云睁大眼睛，不敢相信他就直接说出了那些话，这还是她人生第一次被人当着面表白，但无论是氛围还是过程都跟她期待的不一样。她恼怒地说："我根本就不认识你！到今天为止我们也只见过两次面——"

"九次。"岑亦湛打断她道，"我们见过九次面，只不过你都不记得罢了。"

"啊？"景云瞬间呆住了，有那么多次吗？

"第一次是小尘搬家的时候，我去找他，你恰好也在，我就没打扰你们；第二次是我去你的学校，你跟小尘还有沈沐怡在聊天；第三次则是你打我那次——"

"我没打你！"

"打了。"岑亦湛确定无疑地说,"我还是第一次被女生打,算你厉害!"

周围忽然响起了爆笑声,有人问:"第四次呢?"

岑亦湛还是一动不动地望着景云,慢悠悠地说:"第四次是高二那年的冬天,你去参加夏隼佑的《裂隙》见面会,我就跟你们在同一班公交车上,听着你跟沈沐怡唠叨……"

"等一下!"

景云大叫起来,依稀想起来了,在去影院的公交车上,的确是有个个子很高的男孩子就站在她们附近。因为是冬天,他包裹得很严实,戴着一顶厚厚的帽子,几乎遮住了双眼,只露出一个直挺挺的鼻子。他穿着皮衣和皮靴,外面又套了一件大衣,景云印象很深刻,那还是她第一次看到男性穿长靴,可是他穿起来,又格外合适。

"那个男生气质好特别!"

景云还记得沈沐怡这样说过,她侧头望向他,他却只是定定地望着车窗外,因为个子高,连拉扶手的姿势都比别人轻松。

但谁能想得到那是岑亦湛?他不是都坐在高级轿车里出入的吗?

景云皱眉回忆了很久,总算找到了突破点:"所以你跟踪我这件事,是真的?"

"我没那么变态,我是光明正大地在你附近出现的,只不过你根本没有看我罢了。"他嘲弄地说,"是你自己视力不好,就不要诬赖别人了。"

"那你跟着我干吗?"

"看你啊!"岑亦湛自然而然地回答,还是挂着那个似笑非笑的表情。录完了景云想要的音频,他就站直身体,身影一下子就罩住了景云。

他是真的很高，穿着黑色的卫衣，上面印着几个很夸张的字母，在灯光之下发着银色的光。景云不禁重新打量起他来，面前的这个人跟记忆里的岑亦湛是不大一样的，两年前他虽然也很讨厌，但似乎有种笨拙的感觉，现在则截然相反，完全是胜券在握的神情，就那么淡淡的，让人也无法分辨真假，不动声色地望着她。

这个时候应该怎么接话呢？

景云望着他手里的花束，明明他说是来道歉的，但为什么景云觉得他是纯粹来逗她玩的？

她咬了咬嘴唇，有些尴尬，还在思索着该怎么回应，秦简就跳出来解围了。她接过他手中的花道："你好，我是景云的舍友，我叫秦简！你要不要加我的微信？我可以给你打小报告！"

她冲景云使了个眼色，之后抓着岑亦湛的手胡乱地摇晃着，景云会意，趁机转身，想要离开，却被围观的同学挡住了去路。她茫然地望着那些她还未来得及认识的校友，他们都兴致勃勃地举着手机，见景云回头，才不好意思地把手机放下。

"喂！伊景云。"

岑亦湛突然在身后叫她，她回头望了他一眼，听到他再次说："真的非常对不起。"

"有什么对不起的啊？难道一开始就没有想到会引起这种后果吗？"

景云忽然暴怒，倒不是因为他的道歉，而是因为他的语气。他压低声音，显得很卑微的样子，仿佛景云才是无礼的那个人。可是倘若不是因为他，景云又怎么会站在这里？

谁知道岑亦湛却道："没有啊，我都说了主要是因为你回应了，才搞得这么麻烦，你脑子有毛病吗？怎么会自己跳出来撕网友？"

"我又没有做错什么,维护我的名声也有问题?"景云火冒三丈地望着他,岑亦湛这才呆了一下,不再说话了。

见到她真的生气了,周围忽然安静下来,景云扁着嘴巴,低头从人群中穿过。听到秦简在身后说:"你可以把你的手机号给我,之后再通过!"

今天被人表白了。

是岑亦湛吗?

哎?你怎么知道?

因为连我的私信都被攻占了,塞满了八卦问题。

景云坐在女生宿舍后面的小操场,那里有一片完全空置的地方,仿佛不属于学校似的,有种很奇怪的寂静。宿舍楼的灯光在地上留下一个个方形的格子,身后时不时有人大笑或大叫,明明很热闹,景云却觉得分外寂寥。人生第一次被人表白,好像……糟糕得不得了。

在她的想象中,表白是一件很庄重的事,第一个跟自己表白的人应该是宋涤尘,可能是开学的第一个月,也可能是第二个月,反正要在一个晴好的天气里,漫不经心地说出"我喜欢你"四个字,景云就可以立即回复:"我也喜欢你!"

但现实是,宋涤尘还没有说出那句话,就已经被别人先说了。更糟糕的是,景云告诉了宋涤尘这件事之后,他一点儿反应都没有。

她望着手机上的聊天记录,在只有文字的情况下,也无法判断宋涤尘在想些什么,更加不知道的是,应该回复些什么。

　　景云妈妈在其他学校教初中数学，宋涤尘是景云妈妈的得意门生，成绩很好，家境却很差。据说宋涤尘的天赋特别好，景云妈妈便特意叫宋涤尘来家里补课，为了让他参加世界级的数学大奖赛。

　　景云也是那次比赛的选手，却全然不是宋涤尘的对手。周末，他们两个人分别坐在桌子的两边，景云写了又擦，擦了又写，宋涤尘却平静地看着题目，手里转着笔，思考半天，才低头答题。

　　"你这样写是不行的，必须要写出推导过程。"妈妈忽然指着宋涤尘的卷子说。

　　"答案对了就行了。"宋涤尘道。

　　相比岑亦湛，宋涤尘才比较符合景云的审美，眉清目秀，有股书卷气。

　　那一年的比赛景云止步于省级，宋涤尘却一路扶摇直上，进入了决赛阶段。

　　决赛在新加坡举行，全中国只有五名中学生入选。谁知，拿到参赛资格，他却一点儿都不高兴，说："我去不了。"

　　"为什么？"

　　"机票太贵了。"他沉默着，揪着桌子上的一个毛刺，景云呆住了，心里格外空旷，像荒野一般。

　　由于是自发报名参加的比赛，学校根本不提供赞助。

　　"我帮你跟学校申请奖学金，如果学校不出的话，我帮你出钱。"妈妈望着他，一脸严肃地说，"但是你必须得参加！你不能错过这么好的机会，等到你长大了再去，能带来的骄傲和优势就不一样了。"

　　景云记得那个下午，窗外有风掠过，吹着小区里的玉兰花。前几天刚下过雨，还有残留的雨滴，时不时滴答一声，让景云觉得那个下午被分割成了碎片。

宋涤尘想了很久，才抬头望着景云的妈妈说："属于我的我还能拿回来，不在乎这一次两次机会。"

他很镇定，像大人一样，景云猜不到他脑海里经过怎样的挣扎，但还是难过极了，目不转睛地望着他，一动也不敢动。

妈妈沉思良久，才说："那随便你吧。"

景云知道，妈妈是失望了。

宋涤尘离开的时候，景云特意追到楼下，叫住他问："你为什么不去？"

"我爸妈要是知道我拿到了参赛资格，却负担不起我的机票费和住宿费，会难过的。"他踩着地上的一颗小石子，很平静地说。

"可是……"

"没关系的。"宋涤尘抬头，对她笑了一下，道，"将来，我还有很多机会。"

景云很想给他打气，但不知道该怎么做，思索半天，就拉住他的手，用力地握了握，才转身飞快地跑开，躲在楼道里听着自己的心跳声，也不知道是难过多一点，还是快乐多一点。

多年之后，宋涤尘终于等到了机会，以全省第三名的好成绩考上了顶尖学府，学费全免，母校和省政府还另外出了一笔奖学金，让他全无后顾之忧。他意气风发地出发，景云在驾校学开车，要过一阵子才能走，只好在机场送别了他。宋涤尘的父母和老师都在，景云的妈妈也在，但景云也不知道哪来的勇气，还是跑过去用力地抱住了他，说："你在北京等着我。"

说完，她就快速地跑开了，害羞地藏在妈妈身后。宋涤尘温柔地凝视着她，过了好半天，才微笑着冲她点了点头。

但真的来到北京之后,两个人见面的次数屈指可数。景云琢磨着等胳膊彻底好了就去见他,她给宋涤尘发信息:周末去找你。

好的。宋涤尘这样回复。

她把手机装进口袋,正准备回宿舍,却听到有说话声逐渐靠近。

"你跟阿坤说不用担心我,让他做自己想做的事就行了。"

"但是合同你看过了吗?"

是岑亦湛的声音。

景云好奇地绕了过去,看到岑亦湛正跟一个女生在两栋宿舍楼之间的小路上说话。那个女生个子很高,穿着长裤,非常潇洒。

"采嘉学姐!"景云惊呼。

女生回头,正是整个经济学院最优秀的学生方采嘉。还未开学,景云就听过她的大名,她是经济学院全额奖学金获得者、所有教授都宠爱的研究生,她的论文常年在校友群传阅着,是老师钦定的论文参考样板。

同时,她还是《微光时代》另一位参赛选手的女朋友,所以小溪她们才会说,学校里有两个"相关人士"。

景云惊讶地望着方采嘉,方采嘉冲景云微笑了一下,岑亦湛就走在她的旁边,两个人像是认识很久了似的,非常融洽。她很礼貌地对景云点了点头,对岑亦湛道:"不打扰你们了。"

顷刻间,小路上就只剩下景云和岑亦湛,景云还是警觉地瞪着他,岑亦湛见她情绪稳定了,才轻声问:"小尘还好吗?"

景云呆滞了一下,才反应过来,"小尘"指的是宋涤尘。

"你怎么可以这样称呼他?"景云的眉毛立即紧皱,道,"你要是敢骚扰他,我绝对不会放过你!"

"你放心,我对骚扰他可没什么兴趣,就是单纯打听一下竞争对手的动向罢了。"说完这句话,岑亦湛才又问,"所以他还不是你的男朋友,对吧?"

"不关你的事!"景云被戳到了痛处,道,"不管谁是我的男朋友,反正你都不可能是我的男朋友。"

"这可说不准。"他眼含笑意地说道。

景云彻底被激怒了,她从口袋里掏出手机,一个字一个字地敲下"我是绝对不会喜欢岑亦湛的",连同那个录音,一起上传到微博,然后把手机举到岑亦湛面前,在他的注视下,点击了发送。

岑亦湛饶有兴致地望着她,一点儿阻止的意思都没有,等微博发送成功了,才道:"将来你会的。"

"会什么?喜欢你?少做梦了!"

他却只是背对着她挥了挥手,之后就离开了。景云则做了个鬼脸,嘟囔一声:"讨厌!"

景云重新回到二号宿舍楼后,听到有人大叫着:"伊景云呢?伊景云在哪里?"

"我在楼下!"景云大喊,"怎么了?"

"你的爱豆给你点了赞!"小溪打开窗户,一脸震惊地望着景云说,"是夏隼佑欤!"

第二章

原来，我的爱豆爱"吃瓜"

这个世界上，并不是人人都需要爱情的，但总是有无数女孩子错把那些感激、柔情、想念与眷恋当成爱。她们就是孜孜不倦地投入着，像飞蛾扑火一样，毫无顾虑地奉献着自己，到最后只剩下一地的伤心，却还要责怪爱情。

1

"真的是手滑……"

夏隼佑的微博上挂着这句话,而评论区里,最热门的则是景云的那句:夏隼佑,我是你的影迷!

其他人的反应则是:佑佑,你也在看八卦吗?

夏隼佑没有回应。

他参加的那期《微光时代》总算播出了,刚上线,秦简就招呼景云一起看。景云边翻着课本边心不在焉地观望着,结果夏隼佑出场时,还是忍不住凑近了。

景云彻底喜欢上夏隼佑是因为《裂隙》,他的首部电影比她预想的还要好看。一开始景云觉得他只是个演技不错的演员而已,后来才发现他其实很深邃。《裂隙》在景云的城市宣传时,景云跟沈沐怡一起去参加了见面会,排了半天的队才终于走到夏隼佑面前,也说不清为什么,景云能觉察到他不大高兴,便小声问:"你是不是不开心啊?"

"啊?"夏隼佑愣了愣,意外地望着她。那双清澈的眼睛让景云的心跳都加速了,她也不知道哪来的勇气,握住他的手道:"我成绩非常好!将来我会考上名校,让大家知道你有一个我这么棒的粉丝!"

夏隼佑扬了扬眉,似乎是被逗笑了,说:"那你一定得加油才行!"

"你也是!不管发生什么事情都要对自己好一点!"景云记得自己是这么跟他说的。

那是她第一时间想到的能逗他笑的办法,令景云高兴的是,他真的笑了。

再次看到夏隼佑,景云还是一样高兴。他穿着考究的衬衫出现

在节目组的男生宿舍里,选秀选手一见到他都惊呼起来,只有岑亦湛依然躺在沙发上,似乎呆了呆,然后皱了皱眉。

"那是什么表情啊?怎么可以这样对待我们佑佑?"

景云立即咆哮起来,秦简则是一脸惊讶,说:"我还以为岑亦湛会被淘汰呢!"

"啊?"

"节目组有规定的,要闭关训练,禁止选手离开拍摄现场,但岑亦湛前几天不是来过我们学校了吗?你还上传了那段语音,按理说他应该会被退赛的。"秦简忧心忡忡道,许是因为岑亦湛把手机号码给了她,她彻底变成了岑亦湛的粉丝,一直在网上搜着他的消息。

这时候小溪却推开门说:"那是岑宝宝人气最高的缘故,虽然他号称粉丝都是水军,票数却是实打实的高!他爸爸号召整个集团的员工都给他投票,除此之外,他的'姐姐粉'也特别多!"

说到娱乐圈,小溪才是最专业的,据说她在粉丝圈颇有名气,曾经是某个中生代女艺人的知名大粉,直到对方结婚生子,地位稳固了,这才不怎么追星了。但岑亦湛的出现引起了她的新兴趣,她说:"那些收入稳固、有一定社会地位的女人都很喜欢他,觉得他很有趣,跟别的小孩子不一样!"

"比如你这样的?"秦简不客气地问。

小溪则得意扬扬地说:"如果他需要的话,我也可以帮他宣传啊!反正我闲着也是闲着!"

小溪也比岑亦湛年纪大,她们那些大一点的女性总喜欢叫他"岑宝宝",觉得他像个"随心所欲的小孩",景云完全不赞成,孩子可比岑亦湛可爱多了。

"不过话说回来,如今他们这一批新人是不是都挺有意思的?"

秦简笑眯眯地望着电脑屏幕说。

那时镜头正好对准易祺坤,也就是方采嘉的男朋友。他也是本校毕业的学生,现年二十五岁,长相不算太帅气,唱歌却很好听,有一副清爽的嗓子,少年气十足。《微光时代》的绝大部分参赛选手都是娱乐公司送来的艺人,只有岑亦湛和易祺坤他们那一组例外,毫无娱乐圈经验,属于没有经纪公司的个人选手。整个节目里就他们那个组合最令人头痛,一个在追女生,一个已经有了女朋友,剩下的要么是脾气不好,要么是脑袋不好,被观众吐槽歪瓜裂枣男团,人气却出奇地高,一直留到了复赛阶段。

夏隼佑却对那个组合兴趣盎然,在节目上公开表扬了易祺坤,说:"他唱歌时有种打动人心的力量,而且他对音乐的态度和投入程度都非常专业,虽然一个偶像的成功与否最后取决于各方面的均衡程度,但有作品的选手还是更值得珍惜一些……"

因为那段话,屏幕右下角的实时投票开始飙升,景云激动地拉住秦简的手道:"怎么样?还是我们佑佑厉害吧?"

秦简也呆了呆,点头道:"是挺厉害的。"

"岑宝宝也很喜欢阿坤哦!"小溪忽然道。

"啊?"

景云有些意外,小溪缓缓解释:"刚认识的时候,阿坤跟大家介绍自己喜欢的乐队,其他人都没什么兴趣,只有岑宝宝在听。阿坤反应慢,岑宝宝就一直照顾他。阿坤好神奇的,别人都是女性粉丝多,他却比较讨男生喜欢,大家都觉得他很单纯、有实力,应该拿冠军。"

景云呆了呆,岑亦湛是一个那样的人吗?

夏隼佑是来帮助选手找到镜头感的,他只驻场两期,一期帮选

手拍摄宣传视频,一期则在录制现场参与打分。节目组提前做了准备,询问选手最喜欢的动物,岑亦湛的答案是"老虎",易祺坤的回答则是"鸭子"。

于是那天晚上,在某个瞬间,忽然整幢宿舍楼都尖叫起来。

景云转过头去,紧接着就看到了那个镜头:岑亦湛穿着一件老虎斑纹的皮草,戴着一条虎头项链,在特意调暗的镜头里赫然抬眸,犹如即将要进行猎捕的动物一样,虎视眈眈,却又美丽非凡。

"我的天哪!"小溪突然尖叫起来,推开宿舍门就是一阵狂奔,"你们看到了吗?"

"看到了!我都快疯了!啊啊啊,怎么会那么帅?"

"投票!我要给他投票!"

整个走廊都嘈杂起来,景云呆呆地坐在电脑前,耳旁一下子就安静下来,但也只是一小会儿而已。

因为后面的镜头就被易祺坤取代了,他拿着一个很大的鸭子嘴和两个毛茸茸的翅膀,很无奈地说:"这怎么拍啊?根本没有办法拍!"

"易祺坤也太可爱了吧?"景云哈哈大笑起来,笑完了,才发现根本就没有人理她。秦简边用手机投着票边叫着:"祸害!果然是祸害!"

她一脸沉醉,见景云站了起来,才回过神来,问:"你干吗?"

"我不想看了。"景云闷声说。

心情不好的时候,景云很喜欢散步,曾经就读的中学附近有一

条绿化带，种满了各种各样的树，春天槐花满溢；夏季则是风吹着杨柳；到了秋季，银杏会变得金灿灿的；冬天，则是苍柏与风雪。初中时，每逢遇到什么不开心的事，她就很喜欢在那条路上走来走去，后来认识了宋涤尘，她非常想让宋涤尘跟自己在同一所学校念书，于是极力赞美她的学校有多好，最后实在找不到东西可以夸了，就干脆拉着他去了那条绿化带，说：“冬天还有樱花看哦！有几棵樱花树是冬天开花的品种，特别漂亮！”

宋涤尘侧头望着她，说：“你怎么连树都要夸？”

景云不好意思起来，挠着头发，拖长声音道："哎呀！你就来我们学校嘛！好歹是省重点，来了你又不吃亏！"

"我倒是想啊，可是能去哪所学校又不是我说了算。"

宋涤尘长长地叹了口气，景云的眼睛却亮了起来：“真的啊？”

"啊？什么真的？"

"想来我们学校是真的吗？"

宋涤尘忍不住笑了，望着她热切的眼神，才说："你这是什么关注点啊？我想不想来很重要吗？"

"当然重要了！早知道你想来，我就不在这里瞎吹了！"景云有些腼腆地别过头去，看着马路对面红灿灿的凤凰木，那种树颜色鲜艳得像油画一样，据说只有热带才能种植，但学校门口的那几棵长得格外好，每到夏季就绚烂一片。

景云喜欢树，也喜欢像树一样的人，独立、挺拔，像诗里说的那样："从不依靠，从不寻找。"

但现在，她遇到了一个野生动物一样的人。

她抬头看了看天边的月亮，叹了口气。

不知不觉她就走到了图书馆附近，那里四下无声，十分安静。

景云走近，想找个台阶看看月亮，却发现有人已经先到了。

是方采嘉，她拿着电子书，遥遥地望着月亮发呆。

"采嘉学姐！"景云小声唤她。

她回过头来，见是景云，便笑了笑，拍了拍旁边的位置。景云连忙坐了下来，问："你怎么会在这里？"

"宿舍太吵了。"她淡淡地说，"毕竟是节目播出的日子。"

许是年纪大一些的缘故，方采嘉身上有种很知性的气质，她不施粉黛，头发梳得整整齐齐。景云好奇地问："看到自己的男朋友出现在屏幕上，会不会特别奇怪？"

"还好，习惯了。"方采嘉道，"这其实不是他第一次参加选秀比赛了，不过是最有影响力的一次。"

"是吗？"

"他喜欢唱歌，喜欢音乐，但如今想要成为音乐人……有点儿困难。"方采嘉的语气始终都很温柔，眼神却有些悲伤，说，"我也很希望他能成功，只是娱乐圈……"

景云安慰她："说不定这次会成功呢！我爱豆夏隼佑很喜欢他哦，今天还因为他的表扬，他的票数一下子就很高！"

方采嘉扬了扬眉，问："夏隼佑？"

"是啊，你不会不认识吧？"景云吓得睁大了眼睛，方采嘉忍不住笑了，道："怎么可能不认识？我的意思是说……你知不知道岑亦湛为什么参加《微光时代》？"

"当然是为了红啊，明星赚钱多，名气大，又不需要什么实力！"一提起岑亦湛，景云就没好气，道，"刚好适合他那种'金玉其外，败絮其中'的人！"

"金玉其外的人也很少的啊！"

景云一呆，方采嘉却笑了起来，凝望着手中的电子书，沉思片刻才道："这只是我的一个猜测，不一定是对的，但是给你参考一下。"

"嗯？"景云好奇地转过头。方采嘉认真地说："阿坤迟早是会被淘汰的，他的人气排名在出道位的边缘。这个选秀节目会成团六人，他的排名一直徘徊在第七位，所以，应该没办法出道。岑亦湛上次来的时候跟我说，必要的情况下他会退出比赛，保住阿坤，然后问我这么做会不会伤害阿坤的自尊心。我当时觉得很奇怪，问他，如果不是为了赢得比赛的话,他为什么要去参加选秀？他跟我说，想去看看他喜欢的人在喜欢着的那位明星——应该就是指你和夏隼佑吧？"

她目光清亮地望着景云，景云却还在消化着刚才那段话的重点内容，虽然最后那句话还是让她呆住了，但她的注意力集中在了之前的信息上面，惊讶地问："他会为了别人而退赛？"

"他说阿坤是真的为了梦想去参赛的，他不是，所以没必要占用那个出道名额。"方采嘉再次笑了，道，"岑亦湛，其实是个还不错的男孩子。"

"可是我已经有喜欢的人了。"景云红着脸道。

"那就好好跟他说清楚，不管怎么样，都不要伤害一个人的感情。"

"谁能伤害得了他啊？他不伤害别人就不错了！"

她想起他的那双眼睛，冷僻、孤傲，那样的人，怎么可能会受到伤害？

他穿的那件外套，其实是睡衣的款式，还有个毛茸茸的帽子，上面有两只假耳朵，但他似乎就是有办法把那样的衣服都穿出格调来。

啊！不对，怎么突然想起他，不能继续想了！

景云摇了摇头，方采嘉忍不住笑了，没说话。看到她的表情，景云才忍不住问："谈恋爱……是不是一件很复杂的事情啊？"

方采嘉笑了，道："至少比经济学容易一点儿。"

听到这句话，景云也跟着笑了，方采嘉站了起来，伸了个懒腰才说："如果遇到了对的人，恋爱就是一件非常快乐的事情；但如果遇到了不对的人，就会很痛苦。"

景云呆了呆，又问："可是怎么才能知道是不是对的人？"

"很简单啊，喜欢你的人，一见到你，就会忍不住笑出来。"

景云想起上次见到岑亦湛时的表情，顿时就放心了。

——不过等一下，她为什么要放心？

以及，为什么先想到的是岑亦湛？

景云忽然瞪大眼睛，暗叫一声："该死！"

总算开学了。

刚开学的几堂课都有些沉闷，无论是哪个专业，都是概述、综述等介绍。轮到新生上大课的时候，景云得知经济学院还有个"贫困研究"，这才开始有点儿兴趣。

她之所以选择经济学，就是因为对贫富问题感兴趣。景云非常幸运地成长在中产之家，妈妈是老师，爸爸是企业高管，从小衣食无忧，直到认识宋涤尘，才发现经济对人的精神状态影响有多大。青春期里她习惯了宋涤尘总是为经济而忧心忡忡的样子，高一的时候宋家的房贷已经拖欠了四个月，如果连续九个月没交，房子就会被银行收回。景云的妈妈跟她讲过,为了那套房子的首付,宋家倾尽了全部的积蓄,还欠了不少钱,不到万不得已,宋涤尘的父母是绝对不会动卖房子的心思的。

"房子一旦卖了,就再也没有重新买回来的机会了,普通人存钱的速度远远赶不上房子涨价的速度。"妈妈跟伊景云说。

那几年,经济就像高速列车,稍不注意,乘客就被甩到身后了。

而宋涤尘却希望父母能把房子卖了,这样可以收回一点钱,让父母有本钱去做生意,从头再来。

但很显然,这个世界上,是不会有人听取孩子的意见的,尤其关于钱。

景云记得每天下课后他就坐在座位上发呆,手里的笔在课本上敲来敲去。那是他焦虑时的习惯性动作,碰到特别难的功课时,他也会这样。景云总是在窗外凝望他很久,才敲敲窗户,拜托他周围的同学叫他。

当时他们才十五六岁,回头想一想,当真是什么都不懂的年纪,两个人却都以为自己什么都懂了、足够成熟了,站在走廊上聊天,都是一副指点江山的口吻。宋涤尘道:"钱只有运转起来才有用,被房子困住了就什么都不是!"

"但是如果投资失败,你家里就什么都没有了。"伊景云道。

"其实现在就已经什么都没有了。"宋涤尘淡淡地说,"他们两个人都一筹莫展,每天想得最多的是去哪里能借到更多的钱。我父母并不是那种脑子很灵活的人,他们千辛万苦换了那套房子,如今年纪大了,也跟不上时代,他们早就放弃希望了。"

景云难过地望着他,他觉察到那样的目光,便冲她笑了笑,说:"不过好在我快成年了。"

好不容易上了大学,景云一心想为这个社会做贡献,得知可以专门研究"贫困课题",她一下课就跑到班主任的办公室里,问:"贫困研究小组要怎么参与?"

景云的班主任是个四十多岁的人,听到景云这样问,有些意外,问:"你对这个有兴趣?"

"嗯!我就是为了这个学经济学的。"

她一脸认真,表情虔诚,班主任还未回答,另一个女孩子就走了过来,是景云的舍友舒静。她也是来打听贫困研究的,见到景云,也呆了呆。毕竟景云看起来养尊处优,好似根本没吃过多少苦。

"下个月罗教授会有个公开课,你们可以去听听,罗教授是这方面的专家,如果你们有兴趣的话,我可以介绍你们跟他认识。"

"罗储辉?"

班主任点了点头。

景云的心怦怦跳了起来。罗储辉是经济学院的王牌学者,不仅是国内首屈一指的经济学家,还是政府部门的顾问,即便是不懂经济学的人,也对他的大名略有耳闻。一想到能跟在新闻里才会见到的人相处,她顿时紧张起来,连忙鞠躬道:"谢谢老师!"

她跟舒静一前一后地朝食堂走去,彼此都有些惊讶。开学迄今,两个人几乎没说过什么话。舒静个子小小的,有点儿营养不良,她家境不好,入校之后一直在为申请补助而忙碌着,其他人都知道,也没放在心上。大学的意义,就在于可以结识许多不同的人,天南海北地出现在同一所学校,享受同样的教育。

"你为什么会对贫困感兴趣?"舒静好奇地问。

"就是想看看自己有没有什么能做的。"景云回答。

舒静还是狐疑地望着她,她的个子比景云矮,只能看到景云精巧的下巴。景云抱着课本道:"一提到贫困就会先想起公益,可是这么多年来,这么多慈善和公益组织都解决不了问题,说明不是光捐款就能解决问题的。我在想有没有别的什么办法?我家境不错,又不急着赚钱工作,再加上脑子也还行,说不定能帮上忙呢!"

舒静呆呆地望着她,这么实在的回答,远在舒静的意料之外。前几天她听说景云跟什么明星有关系,还以为景云是个很肤浅的人,现在才发现自己太片面了。

踌躇了一下,舒静才说:"但是贫困问题很难解决的,我的家乡每年都能拿到国家的专项拨款,却一直发展不起来。"

"为什么呢?"

"大家都太懒了,根本不想工作,如果什么也不干就有钱拿的话,为什么还要工作呢?"

两个人不知不觉就进入食堂,每个窗口前都排着长队,景云边排队边跟她讨论:"从教育出发呢?不愿意工作不是教育问题吗?如果能让大家理解工作的意义,就不会懒下去了。"

"哪有那么容易啊?好吃懒做是人类的本能好不好?"秦简也不知道从哪里冒了出来,加入了景云跟舒静的队伍。话音一落,周围的人都笑了。

景云沉思片刻,才说:"懒是因为付出的劳动没有得到相应的回报,久而久之,当然会失望。我们都知道贫困是因为分配不均,但为什么会分配不均?这才是我们应该去解决的问题。"

"哟!几天不见,开始有点儿大学生的样子了!"

一个悠扬的声音忽然传来,景云回头,看到方采嘉。她依然穿着长裤与衬衫,微笑着望着一众学弟学妹。她一出现,排队的人几乎自动让出一个位置来,景云一脸景仰,什么是风云人物?这就是!

方采嘉站在两条队伍之间,主动组织了话题,问:"所以你有什么好主意吗?"

景云毫不犹豫地回答:"应该加大教育投资。"

"这不就又陷入财政拨款的问题了吗?"旁边一个队伍里的男生道,"刚才那个女生不是说了吗?如果什么都不做就有钱拿,为什么还要工作?以此类推,如果什么都不做,孩子也可以上学,那为什么还要工作?"

"这是两码事好不好?"另一个女生也跟着说,"教育是国家义务,是每个人都应该享有的资源,不管贫富都应该照顾到!"

忽然之间整个食堂热闹非凡,附近所有人都参与到话题的讨论中来。景云还以为只有自己思考过这些问题,现在才明白,其实大家都想过。她激动地望着他们,然而引起话题的最大功臣方采嘉,却只是冲景云眨了眨眼就走了。景云注视着她的背影,心潮渐渐澎湃起来。

"我们学校好棒啊!上大学也太幸福了!"

等胳膊彻底好了之后,景云第一时间去找了宋涤尘。并非他不来找她,而是她当初跟他约定了,下一次一定要在宋涤尘的学校见面。

这是景云到北京后第一次乘坐地铁,她发现两所学校比想象中近很多。周末的地铁上,乘客几乎都是高校的学生,景云出门前特意梳妆打扮一番,穿着新买的裙子。

宋涤尘正在地铁站外等她,看到她时,瞬间扬了扬眉,旋即就笑了,说:"很好看。"

"真的？"景云一脸惊喜，多少还是有些骄傲的，说，"我挑了好久的衣服呢！感觉我们学校的女生都很会打扮，就我不会！"

"你不用刻意打扮啊！"宋涤尘淡淡地说，景云在心里翻译了一下这句话，知道他是在夸她漂亮，顿时就高兴起来。

夏日艳阳下，他穿着浅色的T恤、牛仔裤，但一流学府能带来的气质还是不言而喻的。景云拉住他的手，一路上都兴奋地讲述着大学生活，直到到达那所知名的学府前，才赫然闭紧嘴巴。

那个含蓄而矜持的牌匾就挂在门廊上，作为全国最知名的高校，其实正门小得令人惊讶，还保留着古代的装修风格，隐藏在深巷之中，像暗门一般。然而游客还是将整条小路都挤得水泄不通，兴奋地排着队拍照留念。一个母亲正拉着孩子的手道："你要好好念书，将来就可以在这里上大学！"

电子门禁显得有些格格不入，两个保安就站在那里，宋涤尘刷了校卡，习以为常地拉着景云进去，见景云沉默了，才问："怎么了？"

"我要是当初努力一点就好了。"景云黯然地说。

她的高考分数比他低了十多分，结果就远远地被甩在了身后。他是探花，上了电视，照片也在同城公众号里到处被宣扬着，她却是个无名氏。得知两人的分数后，景云好长一段时间都说不出话来，一遍遍地想，究竟是哪道题答错了，或者哪道题做得不够好，才导致变成如今这样。

其实她的分数也很了不起，但她还是不太满意，本想着两个人进入同一所学校，每天朝夕相处，结果才发现，她没有那样的机会了。

四年，那么久的时间。

"你妈妈不是说，就算考同样的分数，也不一定会进入同一所学校吗？"宋涤尘安慰她道，"你们学校也很不错，至少经济学系比我们厉害。"

"你别安慰我了!"

"这是真的,你回去问问就知道了,经济学的话,我们学校不算是一流的。"

景云怀疑地看了他半天,也不知道他说的是真是假,但只要他肯哄着她,她就格外高兴,不禁又握紧了他的手。

在中学的时候,景云不敢这么放肆,他们都是好学生,而很多时候,好学生就意味着,在恰当的时候做恰当的事。现在总算长大了,有了自由,但景云也不大确定,应该要怎么谈恋爱,谁先跟谁说喜欢?怎么样才可以称呼对方为"男朋友"或"女朋友"?见面的时候应该做些什么?见不到的时候应该怎样诉说那样的想念?这些是课本没有教过的事,景云望着前方,细细想了一圈,才发现人生竟然有那么多事情是学校里都不会教的,顿时茫然起来。

她双颊绯红,脸颊上布满细密的汗珠。宋涤尘回头望了她一眼,才说:"带你去吃饭,我们学校的食堂好像是高校里口碑最好的。"

"拜托你别炫耀了好不好?"

"真的很好吃的!"

宋涤尘有些得意地笑着,说不骄傲,那是不可能的,毕竟十多年来的辛苦,都只是为了这一纸文凭,其间那么多付出,那么多惶恐,到了入学的那一刻,才发现是值得的。那是穿越千军万马才换来的东西,是改变命运的重要机会,他深深懂得。

他熟门熟路地带着景云从操场走到食堂,途经那些亭台楼阁、挂着名人故居的招牌、那些树、那些花……那里连空气都跟别处不一样,因为植物多,很是甘甜、凉爽。

正逛着,突然有个人叫了宋涤尘的名字,景云转过头去,看到一个衣着精致的女生走了过来，遥遥问："小尘，你开好户了吗？"

"还在等消息。"

宋涤尘朝景云的方向站了站，那个女生这才发现景云，立即笑了起来，问："你女朋友？"

宋涤尘没有回答，只是擦了擦鼻子，说："奇奇他们准备得怎么样了？"

"有几个已经搞定了，剩下的则要等银行的文件，最慢的就是奇奇了。"女生摇头叹气，道，"不行，我还是得亲自去催催他，你们先玩，我下午打电话给你！"

她冲景云笑了笑，就快速走开了。那女生穿着精致的烟管长裤，背影煞是好看，一把细腰，走路时目不斜视，如同模特一般。

景云对着她的背影发了半天的呆，才问："那是谁？"

"同学。"

"开户是指什么？"

"我们学校跟一家金融公司有合作项目，如果表现优异的话，大二就可以兼职工作了。老师让我们进行模拟投资，不过大家都不感兴趣，商量着既然要投资，就真金白银地进去。"

景云呆滞半天，才道："也太冒险了吧？"

"放心吧，不是什么大数目。"

景云知道他如今阔绰了不少，社会一向待学子不薄，重点大学的学费只要几千块一年，企业也赞助了不少，再加上其他零零碎碎的奖金，足够他大学四年的开销了。景云不想他那么冒险，但转念一想，这四年里他肯定还有别的法子赚钱，顿时就放下心来。

她正准备跟宋涤尘说些什么，迎面又有一个女孩走了过来，这次是一个娇小秀气的甜美型女孩，穿着印花的裙子，十分浪漫。

"小尘！你吃过饭了吗？要不要跟我一起去吃饭？"

她连声音都能掐出水来，笑容满面。宋涤尘还未回答，景云就喝道："不行！他要跟我去！"

那女孩吓了一跳，皱眉望着景云半天，才忽然笑了起来："啊！我知道了，你就是伊景云！岑亦湛在追的那个女生！"

听到"岑亦湛"的名字，景云立即就心虚了。

女孩再次冲景云笑了笑，又望向宋涤尘，歉疚地笑笑，说，"不打扰你们了！"便笑着走开了。

景云彻底僵在原地，思索了半天，才冲着宋涤尘大叫起来："你们学校的女生怎么都那么漂亮？"

宋涤尘故意问："漂亮吗？"

"漂亮啊！"景云大叫着挡在宋涤尘面前，生气地说，"你不许看她们！"

宋涤尘却只是笑，他笑起来格外好看，眼睛弯弯，风轻云淡。景云还在撇着嘴巴，宋涤尘却转移了话题，问："见到岑亦湛了吗？"

"啊？"景云呆了呆，解释道，"就一次而已，他突然跑到我们学校来……"

景云慌乱地说着，宋涤尘这才拍了拍她的脑袋，说："你不用特意解释给我听。"

"可是……"

她茫然地望着他，他则看向一边，似乎是在犹豫什么。

那个时候景云心里"咯噔"一下，千想万想，都想不到宋涤尘会不喜欢她。其实他什么都没有说，但她就是知道，女生的预感，一向是很准的。

她下意识地拽了拽宋涤尘的手,宋涤尘才回过神来,道:"吃饭去吧!"

那些饭和菜,到底是什么滋味,景云已经忘了。她只记得,她从头到尾都小心翼翼地望着宋涤尘,而他却回避着她的眼神。食堂里无比嘈杂,哲学系的学生正在讨论存在主义和现象学,每个高校似乎都一样,每个学校却又有些细微的区别。

"你要多吃点,回头瘦了你妈妈该骂我了!"

宋涤尘把一只鸡翅夹进她的碗里,听到他提起妈妈,景云才咬了咬嘴唇,悄声问:"你对我好,是因为我妈妈?"

"不是。"他很快地答了,却依然挂着那种破釜沉舟般的表情。他在评估、考量,要怎么说,才能不那么伤害她——景云凝望着他,在心里揣度着他的想法。他们太熟悉了,以至于他的一举一动,她都了解。

那是个十分僵硬的时刻,好像被人按下了暂停键,虽然景云的心都快跳到嗓子眼了,却还是决定,主动打破这一刻。

"你是不是不喜欢我?"

那略带颤抖的声音,在嘈杂的午后,显得格外清晰。宋涤尘抬头看了她一眼,这才放下筷子,低声道:"喜欢的。"

好像溺水一般,在这一刻,景云才终于敢呼吸,然而旋即,又被人摁进了水中。

"但不是你以为的那种。"

景云茫然地坐在那里,一动不动地看着他,就像几年前一起做

功课时那样,两个人之间只隔着一张桌子,精神世界却全然不在一个位面。

临出发之前,景云就做完了大学四年的计划,包括第一年就要拿到英语六级考试证书——她对四级完全没兴趣,太简单了;要多学一门外语,德语或者西班牙语;要培养一个爱好……

除此之外,还有要跟宋涤尘一起去故宫、香山,还有长城;努力存钱吃遍北京所有知名的餐厅,依然是跟宋涤尘一起;想看喜欢的明星的演唱会,还是跟宋涤尘一起……

而此时此刻这些计划却一股脑儿地崩塌了,她的脑海地动山摇,嗡嗡乱响,宋涤尘则垂着头,咬了咬嘴唇,道:"我还有很多事情想做,根本没空考虑……恋爱什么的。"

"我可以等你的……"

完全就是乞求的口吻,宋涤尘却说:"没必要的。"

四个字,掐断了她所有的念想。

景云垂着眸,宋涤尘则忐忑地望着她。早就决定了要跟她讲清楚的,真到了这样的时刻,才发现根本就讲不清楚。这个世界上,并不是人人都需要爱情的,但总是有无数女孩子,错把那些感激、柔情、想念与眷恋当成爱。她们就是孜孜不倦地投入着,像飞蛾扑火一样,毫无顾虑地奉献着自己,到最后只剩下一地的伤心,却还要责怪爱情。

"你会遇到更好的人的。"他说。

景云的眼泪一下子就掉了下来,跟小时候一样,只觉得天大地大,都不如她的委屈大。

全世界,除了父母之外,就只剩下宋涤尘能让她哭成这样。

宋涤尘把纸巾递给她,她没接,他便拉着她的手走了出去。

"表象只是表象，人的主观意识是会骗人的！"

旁边哲学系的学生忽然说。

就像爱情一样，很多时候，你以为的，和真实存在的，根本就不是一个东西。

第三章

人气大明星限时特价，买一送一

他的梦想里根本就没有你，无论你愿不愿意，你都得接受这件事。更悲伤的是，你还得强颜欢笑地点个赞给他。

1

几年前,景云的家乡发生过一场小型的工厂爆炸。

景云依稀记得,那是暑假,她跟妈妈从电影院走出来——倘若没记错的话,那天看的正是夏隼佑的出道之作。影院里总是冷气惊人,景云边瑟瑟发抖,边跟妈妈讨论着剧情。她兴奋地说:"男二号好帅啊!演技也还算可以的吧?感觉比男主角还有气场!"

"那当然了,你也不看看他是谁的儿子!"妈妈一脸骄傲。

景云知道妈妈是夏隼佑的爸爸夏成雄的影迷,用现在的话来说,也算是个"女友粉"。每每提到夏成雄她就一脸欣赏,提起顾琳就是另一种态度了。景云忍不住调侃道:"演技又不能遗传!再说了,就算遗传,也会各遗传一半的!"

"哼!顾琳有什么演技?"

望着妈妈不屑一顾的神情,景云哈哈大笑起来。她清楚地记得那是傍晚,商场里到处都是人。经过家电区的时候,景云还在自顾自地聊着,妈妈却停住了脚步,望着堆满电视机的柜台。景云好奇地转过头,然后就看到一台台大小不一的屏幕里放的是同一个镜头:一间工厂爆炸的瞬间。

虽然被静了音,但那画面还是让景云震撼不已,底下的字幕写着"格隆食品工厂爆炸,一死三伤"的字样。

景云有些紧张地问:"怎么了?"

"我有个学生的家长在那里上班。"妈妈皱了皱眉,道,"我要出去打个电话,你等我一会儿。"

"好。"

景云茫然地望着妈妈朝消防通道走去,再转过头时,那段新闻

已经结束了,之后播报的是道路施工和电话诈骗案。妈妈过了很久后才回来,她神色凝重地说:"我学生家里出了点事,我得过去一趟!我已经跟你爸爸打过电话了,等下他会来接你,你们俩在外面吃了饭再回去,不用等我。你身上还有钱吗?"

"有。"景云担心地问,"是……受伤了吗?"

"嗯。"妈妈从钱包里掏出几张纸币递给她,说,"回头再跟你说,你自己先逛。"

"好。"

当天晚上,景云见到了宋涤尘,那是她第一次见他,彼时他还是个瘦弱的男孩,留着短短的头发,紧紧地抿着唇。他爸爸在那场事故里受了伤,虽然不算太严重,但还是需要留院观察。宋涤尘在本市的亲戚不多,他妈妈要在医院里照顾爸爸,作为班主任,景云的妈妈干脆把他领回了家。景云家有一间客房,是给偶尔来借宿的客人住的,家里突然有个同龄的异性过夜,景云有些紧张,趁父母不在的时候才小声问:"你爸爸怎么样了?"

"没什么大碍。"他紧紧地皱着眉,又局促地冲景云笑了一下,说,"会好的。"

电视上的晚间新闻重新播报了那起事故,这一次,镜头却对准了岑亦湛的爸爸岑华胜,他在发布会上解释,爆炸主要是由于机械老化和员工操作不当引起的,会配合调查,以及会妥善安置受害者,等等。

景云注意到,那个时候,宋涤尘微微抬起了下巴,一脸冷漠地望着屏幕,像是一个字也不相信似的。

过了一些时日景云才知道,岑华胜并没有负担员工的治疗费,以及员工的损失。宋涤尘的爸爸是那天负责值班的车间主任,据说很早就建议过机械该换新了,但岑华胜并没有采纳他的意见。

爆炸之后宋涤尘的爸爸就失业了,出院没多久,他公开表达了不满,坚持认为那是"人为灾难",而不是什么意外。当地的一家电视台采访了他,结果却被格隆集团以"名誉伤害罪"起诉了。

而同一时间,岑家成了纳税大户,获得了政府的表彰,全家人都耀武扬威地生活着……青春期的岑亦湛跟青春期的宋涤尘,过的是截然不同的生活。

景云并不仇富,但许多年后,宋涤尘却告诉她,岑亦湛是个还不错的男孩子。

"他跟我说,那场事故可能另有原因,想来看看那些受伤的工人过得怎么样。"

从食堂出来之后,宋涤尘忽然聊起这件事,景云不明白他想要说什么,只能怯生生地跟在他后面。

进门时两个人还手拉着手,现在,他们却隔着半米左右的距离。他走在她的前面,她则低头跟在后面,有一句没一句地回应着:"什么时候?"

"高二——就是给你写了那封情书后不久。"

景云心不在焉地问:"然后呢?"

"然后他就去美国了,不过,他并不是你以为的那种人。"

景云呆了呆,皱眉抬头望着他,不喜欢也就算了,为什么还要把她推给其他人?

宋涤尘看了看天空道:"快下雨了,你该回去了。"

景云抬头,不可思议地看着他。他在赶她走,还是在这样的时候。

那震撼比被拒绝还要大,她还以为,就算不能成为情侣,也尚有温情在的。

可是天的确是快要下雨的样子，方才还是晴空万里，此刻就已经乌云遍布。是低层云，紧紧压着天际线，景云曾经特意研究过各种类型的云，知道那样的云会带来强降雨，可能一时半会儿都不会停。她茫然地看了宋涤尘一会儿，就朝学校正门走过去，宋涤尘却道："侧门离地铁站比较近。"

"怎么走？"

宋涤尘一一交代清楚，景云点头，记在心里，之后跟宋涤尘道别，正准备离开，他却又叫住了她。

"景云。"

景云回头，看到宋涤尘尴尬而黯淡的脸，他犹豫了很久，才说："你会没事的吧？"

都这样问了，还能说自己痛不欲生不成？

景云也只好挤出一个笑脸，道："可能一时半会儿还不明白，不过……应该能想清楚的。"

宋涤尘也低着头，眉头紧皱，踩着路边的一颗小石子。

看到那一幕，景云又难过起来，肯为她焦虑，似乎已经足够了，无论如何，景云都不想让宋涤尘为难。于是她吸了吸鼻子，朝宋涤尘走近一步，仰面道："我以后还能来找你吗？虽然……但你一直是我最好的朋友，遇到什么事的话，我也不知道可以找谁商量……"

"当然。"

她的声音越来越小，眼角已经泪盈盈的了，却依然是笑着的。看到她那副表情，宋涤尘剜心般难过，他上前一步，想要去安慰她的，结果她已经跑开了。

"再见！宋涤尘。"

2

雨当真说下就下。

景云还未走出校园，就被淋湿了。她用手挡在头顶，找了好久，才找到那个侧门，走出去后，意外地发现那里停着许多车辆。那是一片很广阔的停车场，虽然离地铁近，但根本没有能挡雨的地方。景云低头看看自己的裙子，尴尬地找了半天，才在一棵瘦骨嶙峋的小树下找到依靠。

真惨。她忍不住这么想，无论是这样的天气，还是这棵树，都让她觉得自己像个笑话一样。

车子一辆辆地驶过，其中一辆却有些熟悉，景云没有留意，直到车灯亮起，才抬起头来，然后呆住。

岑亦湛也惊讶地望着景云，她穿着及膝的果绿色长裙，浅口的平底鞋。一看就是约会时的打扮，但为什么会这么狼狈？

学校门口禁止车辆停留太久，岑亦湛皱了皱眉，就打开车门，大叫一声："上车！"

景云犹豫一下，才小跑着打开车门，在副驾驶座坐下。车内的冷气让她瞬间战栗，她打了个喷嚏，岑亦湛递了一盒纸巾过去，问："你这是怎么了？"

"没什么。"景云不愿意在他面前提起宋涤尘，只是问，"你为什么会在这里？"

岑亦湛沉思片刻才说："路过。"

他在生气。

虽然不知道为什么，但景云能感觉到他在生气。

窗外的雨一直下着，雨刷一遍遍地刮过，让模糊的视线变得清

晰起来。如果眼睛也有雨刮就好了，这样哭泣的时候，就可以擦掉眼泪了。

但如果有雨刮的话，是沿着同样的方向运动呢，还是以相反的方向运动？

景云就这样茫然地想着这些，第一次失恋，也不知道该做些什么好。号啕大哭一场吗？还是找个地方发泄怒气？应该告诉秦简吗？还是先跟妈妈说一声比较好？

最关键的是，她这究竟算不算是失恋了？

窗外白茫茫的，所有的车辆都放慢了速度，岑亦湛开了半天，才把车子开到主路上。景云这才回过神来，说："你在地铁站放我下来就行了。"

"我不知道地铁站在哪里。"

景云无语地看着窗外的地铁标识牌，一瞬间又火冒三丈，指着牌子道："看到那个蓝色的牌子了吗？那个就叫地铁站！"

"不好停车。"

岑亦湛面无表情地说，景云瞪了他半天，才气咻咻地把头转向一边。想明白他是不会放她下车的，她反而平静了一些，从包里掏出手机，找出和宋涤尘的聊天记录，看了一会儿，便退出了对话框。

女生宿舍群里正热闹非凡地讨论着什么，她打开，才发现大家正在猜测岑亦湛是不是退赛了，因为有人在机场见到了他，一个人刚从出租车上下来，戴着帽子和太阳镜，一脸冷漠。

《微光时代》是在另一座城市录制的，出现在机场，就表示是离开了。

那虎仔现在是在北京咯？

不知道欸！要不然让景云问问？

我千辛万苦建好了话题啊!连数据组都准备好了!

小溪姐,你也太认真了吧?

那当然了,我在追星这件事上从未输过!

自从那个老虎的造型出现之后,"虎仔"就成了岑亦湛的新昵称。网络上到处都是他赫然抬头的动图,景云知道,一般一张照片到处出现,就表示一个人开始引起关注了。选秀比赛有点儿像小圈子里的游戏,能让圈外的人都注意到,才有望离真正的明星更近一步。

大雨滂沱,车厢内有一股温柔的木屑香,景云吸了吸鼻子,才反应过来是他的香水味,那是种沉静而舒缓的香味,让两个人像困在大海中央的小船。

为了避免尴尬,景云试探地问:"你被退赛了?"

"没有。"

"但是……"

"自己退赛和被退赛,是两回事。"

景云忽然想起那天跟方采嘉的对话来,问:"因为易祺坤?"

岑亦湛不置可否,依然目不斜视地盯着前方,手指握着方向盘。他开车时很专注,这其实是好事,但他的表情还是让景云觉得烦躁,她扬高声音道:"你生什么气啊?又不是我自己要上车的!我都说了在地铁站放我下来了!"

前方恰好是十字路口,岑亦湛放慢车速,这才转过头看了她一眼。身上的裙子其实并不适合她,并非不漂亮,而是讨好男友的意味太强烈了,更惨的是,似乎还讨好失败了。既然是从那个地方出来,用脚指头也能想到发生什么事了。

他叹了口气才说:"你让我怎么回答呢?要说是为了易祺坤退赛,那么易祺坤的面子怎么办?要说不是……反正过几天节目就播出了,

到时候肯定有一大堆猜测,无论是不是,又有什么区别?"

景云一蒙,才意识到是自己失态了,态度温和了一些,说:"你不像是为了别人而退赛的人。"

"是吗?你不是说根本不认识我吗?"

景云便又说不出话来了。

红灯结束,车流开始缓缓移动,他拉了手刹,继续望着前方。

手动挡车子,据说比自动挡难开很多。景云在暑假上了几个月的驾校,知道他这辆车性能相当不错,是以实用为主的车型,完全不像是岑亦湛的选择。

在景云的心里,岑亦湛就应该是开着那种惹眼的跑车,戴着太阳镜四处轰鸣的二世祖。结果他却很务实,选了沉稳大气的实力派。对座驾的选择能展示一个人的内心,景云忽然就有些犹豫了,她是不是对岑亦湛偏见过深了?宋涤尘又为什么夸奖他?

雨下了一会儿就渐渐小了,就好像景云的怒气或者恋情一样,噼里啪啦地来,又毫无缘由地结束,毫无逻辑地无疾而终,令人生气。

见她一直沉默不语,岑亦湛才忽然道:"下周某个品牌有个小型的 VIP 活动……"

"关我什么事儿!"景云毫不犹豫地打断他。

他顿了一顿,才说完后半句话:"夏隼佑会去。"

怎么办?这时候再推翻刚才那句话,会不会显得很没出息?

景云用手指掐了掐自己的胳膊,内心的自己早已捶胸顿足尖叫出声了,表面上却还得维持那种平静,挂着生无可恋的表情。

"我会把邀请函送过来,还有衣服什么的。你倒不用担心,除了我妈和我未来的女朋友之外,我不会乱买衣服给别的女人,穿完了记得还给我就好。"

"哦。"

学校近在眼前,景云解开安全带,岑亦湛缓缓将车停下,才忽然伸过手来。景云吓得瑟缩起来,却见他长长的胳膊从自己头上绕过去,在后座翻找了一会儿,递过来一件外套。

雨还没有停,景云怔怔地看着那件衣服,犹豫半天,才接了过去。那是件户外运动外套,看起来是防水的面料。景云不是很敢拿他的衣服,鬼知道他一件看起来平淡无奇的衣服都要多少钱!弄坏了怎么办?

但他一直望着她,好像她不穿的话,他就不会打开车门锁似的。

景云这才无奈地套上。

"喂,伊景云。"

"啊?"景云的手已经推开了车门,茫然地回头。

"开心一点。"他说。

她不明所以地望着他,这没头没脑的一句话,却仿佛洞悉一切似的。千辛万苦才忘了的难过就这样涌上来,让她不得不垂下眼帘,推开车门,用最快的速度跑开。

岑亦湛一直等到她的身影彻底消失了,才拿出手机,点开宋涤尘的那条短信。

有事情找你。

是一个小时前的消息,他看到后就直接驾车去了,结果就看到了她。

北京那么大,哪来的什么巧合?景云可能很久后才会明白,也可能永远都不会明白。

但他希望,是后者。

"所以他真的退赛了啊?"

一回到宿舍,秦简就睁大了眼睛,景云还在忙着换衣服,茫然地望着秦简,秦简却指了指那件外套,问:"那是岑亦湛的衣服吧?你碰到他了是不是?他在北京?"

景云还未来得及回答,秦简就拉开宿舍门大叫一声:"小溪!"

顷刻间几个女生就拥了进来,景云刚脱下裙子,怒目大吼:"都出去!"

这群人才又退出去,等了半天,才敲门:"换好了吗?"

景云长叹一口气,翻了个白眼,匆匆套上T恤和短裤,拉开门,不等她们开口就举手投降,说:"我什么都不知道!别问我!"

"为什么?"

"是因为没有和节目组签约吗?"

"还是因为之前擅自离开,被退赛了?"

说了跟没说一样。

景云无奈地绕开她们,拎着脏衣服去洗衣房,拿到岑亦湛的外套时才犹豫了一下:是不是要干洗才行?

算了。她泄气地把那件外套扔到一边,想要扒拉其他衣服,自己的床铺边却站满了人。她们还在孜孜不倦地讨论着,景云没好气地问:"你们到底喜欢他什么啊?"

"长得帅啊!"

"还很酷!"

"可是他什么都不会,你们是大学生欸!怎么可以为了这么肤浅的理由喜欢一个明星?"景云紧紧皱着眉,死活都想不明白。

"大学生也有追星的资格,你对大学生有什么误解?"

一个女生忽然抱着一个大箱子进来,道:"秦简,你的快递!"

快递箱已经被淋湿了,秦简好奇地看了看,紧接着就尖叫起来:"是岑亦湛寄来的!"

"哇!什么东西?"

"他之前说为了感谢我们,会请我们吃好吃的!"

秦简边说着,边找到小刀,忙不迭地打开,宿舍里立即爆发出了尖叫声,一众女生兴奋不已地拿出包装精美的巧克力和香水之类的小玩意儿,问:"巧克力可以现在就拆吗?"

"你不怕胖啊?"

"拜托,这是虎仔的巧克力欸!胖十斤也没有关系的!"

景云头痛地看着她们闹腾,之后转身,准备把宿舍让出来,却又听到小溪在身后说:"因为绝大部分女生都不会遇到那样的男生,绝大部分女生也不会被那样的男生追求,简单明确,干脆利落,又热烈,像偶像剧一样。"

"你不觉得很夸张吗?"景云困惑地问。

"不觉得,我就喜欢看这种剧情!"小溪笑眯眯地说,"越狗血越好,最好一波三折,曲折离奇,两个人爱得死去活来才好。"

"小溪姐还说,岑亦湛要是追她的话,她能演三百集的剧情,往死里作天作地!"

景云震惊地望着小溪,全然想不到她竟然会追求那样的感情。秦简则边看着留言卡,边在旁边补充:"大部分男生其实根本不会追求女生,一个个都自以为是得要死……"

"关键是好蠢哦,好像所有的女生都喜欢他们一样!"

"我觉得那种还好,我更讨厌的是明明每天都跟你凑在一起,

结果却说什么我们是好朋友!超虚伪的!"

一瞬间,景云就想起了宋涤尘,她沉默半晌,才拉开门走出去。

雨还在下着,她无处可去,就去了图书馆。出乎意料的是,周末的图书馆里几乎全是人,每个人都聚精会神地看着书,只有景云不太明白自己是跑来干什么的,只好拿了本小说看了起来。宿舍里的那些女孩子,说的似乎都是对的,但宋涤尘并不是一个坏人。她一遍遍地想,他是个值得女生为之伤心的人,何况他没有骗自己,这已经足够了。人生的第一次恋情,即便结束了,她也希望它是简单而纯粹的,他很诚实,她也是。至于她的伤心……她是个大人了,肯定能自己处理好的。

只有在小说里,恋爱才是那么容易的事,一见钟情,两情相悦,历尽艰辛,至死不渝。最终不是主角死了,就是两个人白头偕老,恰当的戛然而止,带来隽永绵长的浓情蜜意。

但现实里,无论你爱过还是依然在爱的人,都好端端地活着,一打开朋友圈,你就能看到他的新消息,他就在离你不太远的地方做着他感兴趣的事,分享着他喜欢的文章,追求他的梦想。他的梦里根本就没有你,无论你愿不愿意,你都得接受这件事。更悲伤的是,你还得强颜欢笑地给他点个赞。

第二天景云郁郁寡欢地起床,肿着两只眼睛,吸着鼻子,被人问起,就回答是看了感人的小说,哭了一个晚上。

这也是事实。

雨连续下了两三天才终于停止，在一个湿漉漉的夜晚，新一期的《微光时代》终于播出了。岑亦湛退赛的原因，其实是表演过程中音响出现了失误，导致组合评分排在最后，岑亦湛和易祺坤那一场的发挥也破天荒的糟糕，但如果根据票数来选择的话，怎么样都是岑亦湛获胜。

那时候夏隼佑依然是那场比赛的嘉宾，得知两个人必须淘汰一个的时候，瞬间就站起来，睁大眼睛道："可是又不是他们两个的失误！"

"比赛就是这样，一点点失败就会引起淘汰，尤其是到了这个关口。"一个常驻导师解释说。

"如果是这样的话，你们考验什么唱歌跳舞呢？现在台上剩下的还有几个会唱歌的？"

这句话，几乎把所有参赛选手都得罪了。

镜头滑过那些男孩的脸，大家似乎都有些尴尬，夏隼佑却据理力争，根本不准备妥协的样子。

就在这个时候，岑亦湛站了出来，说："我退出。"

夏隼佑和易祺坤都愣了愣，那几个嘉宾则做作地捂住了嘴巴。据说那一期节目创造了一个收视率高峰，尤其是夏隼佑发火的片段，在网上疯狂传播着。出道那么多年，夏隼佑生气依然是观众最喜欢的戏码。再加上他之前"手滑点赞"那句点评，看起来就像是针对岑亦湛一样。

夏隼佑点赞景云的那句"我是绝对不会喜欢岑亦湛的"微博被人截了图，贴得到处都是。景云就这样成了娱乐圈热门新闻的主角之一，到处都有人介绍着景云跟岑亦湛是怎么回事，夏隼佑跟景云是怎么回事，夏隼佑跟岑亦湛又是怎么回事……他们不断地翻出花

絮片段,借此证明夏隼佑就是讨厌岑亦湛。

他是不是真的讨厌岑亦湛,景云不知道,但她的微博成了网友们最主要的战场,一夜之间,她的微博关注人数就突破了七万大关,网友津津乐道地贴着图,求一个真相,或是发私信咒骂她。她本来就烦躁,干脆回复道:佑佑讨厌谁都是他的自由!

后来这句话就变成了"来自当事人的声明",好像景云说出来的就一定是真的似的。她的微博仿若娱乐八卦自媒体,这让景云烦不胜烦。她正准备回击,手机突然"叮"了一声。

景云早就把大部分提示音都关掉了,只有自己关注的人发消息给她,才会有声音传来。

但她关注的人并不多。

她好奇地点开,呆滞三秒,揉了揉眼睛,才尖叫起来:"柯思雅!"

"那是谁?"秦简好奇地问。

景云毫不犹豫地回答:"我爱豆的女朋友!"

有关夏隼佑和柯思雅的事情,景云当然全都知道,毕竟这些年里,她也没少为这件事跟网上的人吵架。她快速的打字技术就是在这个过程中练就的,好像每个人的青春期,都免不了要为自己喜欢的人跟人争执几次,偶像也好,男孩也好,或者别的什么人也好。青春期,终究是一个一腔热情无处发泄的阶段。

《狭路相逢》播出之后,景云就喜欢上了柯思雅,那女孩远不像传闻里那么不堪,她有双绝美的眼睛,雾蒙蒙的。因为她,景云才看到了夏隼佑最真实的样子,她没跟人说起过,其实她喜欢那个亲切的夏隼佑,是因为他就像生活里会见到的那种男孩子,会赌气,也会挫败,是一个真实的人。

升入大学之后，柯思雅就拍了不少商业照片，有时候是产品的宣传图，有时候则是艺术照。她似乎有意避开娱乐圈，从来不帮影视或时装杂志拍照，但她的那些照片还是在娱乐圈流传最广，因为无论拍什么，她的作品都有一种叙事张力，充满创意。

比如在帮一个生鲜类购物网站拍照的时候，她复制了大量的名画，从毕加索的《苹果男孩》到凡·高的《吃土豆的人》，让那些平常的生鲜都成了主角，变得精美绝伦。

在到达北京之前，据说他们两个就经常见面，到了北京之后，夏隼佑更是毫无顾忌，不止一次被狗仔拍到跟思雅在外就餐。两个人究竟是什么关系，如今已经没有多少人探究了。酒吧事件过后，夏隼佑参加过一个长达两个小时的深度访谈，聊起生活中对他影响最大的人，他说过有那么一个人，能让他安静下来。

所有人都猜测那就是柯思雅，他没有回应，但粉丝已经认定了就是她。

"我觉得她超厉害，换成是我的话肯定早就崩溃了！"

景云边炫耀着柯思雅的照片，边普及着那些往事。在上大学之前，秦简完全不追星，对娱乐圈一无所知，她津津有味地听着，之后才说："我觉得你不会，毕竟你现在也是个明星的绯闻女友！"

"岑亦湛算什么明星？连我们佑佑的一根头发丝都比不上！"

"你干吗非要吐槽他不可？"

"我高兴！"

"但当着他的面，你又不敢了。"

面对这一针见血的评价，景云沉默了一会儿。也不是敢不敢的问题，主要是……

算了！管他是什么原因呢！

自从退赛的节目播出后,景云就再也没有见过岑亦湛了,据说他在用自己的办法支持易祺坤,为防止打扰,就跟方采嘉约在校外见面了。她没有他的微信,也没有他的电话,微博当然也没有关注。几年前,她还是追星少女的时候,也和大多数女孩一样,幻想过如果有明星追求自己会怎么样,当然了,是非常不切实际的、狗血的、自恋的、要是被人知道了恨不得当场撞墙的幻想。现实里真发生了,才发现烦得要死,只想骂回去。

思雅发给景云的内容是:我说你啊,不要再跟他们吵架了。

景云快速地回复:为什么?

因为他们会伤害你的。

我才不怕呢!我所向披靡!无坚不摧!

还真是……粉随爱豆啊……

思雅发来一个笑脸,景云才赫然想起来,问:你们真的在八卦我啊?

还不是因为那个赞,害得我也被人问起,我只好跟着研究了,结果发现你还挺有趣的。

是的!我超有趣的!我也很喜欢你!能约你吃饭吗?

景云面无表情地自吹自擂,在得到"我会考虑一下"的答复后才尖叫起来。手机振动,柯思雅也关注了她。景云兴奋地跳了起来,秦简目瞪口呆地看着她,最后说:"你好像是我见过的第一个,偶像有绯闻,却无比高兴的人。"

"我对偶像的要求比较低,只要佑佑开心,我怎么样都行。而且我觉得柯思雅超酷的!毕竟明星常见,传奇的女生可不常见!"

"明星常见?你倒是给我找一个常见的明星出来!"

"你们岑宝宝不是很常见吗?你连他的电话都有,自己去约啊!"

秦简思索半天:"你这么说……还挺有道理的……"

常见的明星果然很常见,没过多久就出现在了学校里,载着景云和秦简一起去做造型。那是一家明星常去的造型设计室,得提前预约才行。问品牌借来的衣服就挂在一旁,秦简毫不犹豫地挑了一件性感的露肩小礼服,景云呆愣了半天,道:"你也太大胆了吧?"

"走着瞧!我今晚一定要惊艳四方!"

景云则茫然地对着那一架子衣服发呆,还在踌躇,岑亦湛已经拎起一件不对称的裙子,说:"这件!"

即便是需要穿正装的场合,岑亦湛依然不拘一格。景云望着他身上不对称的西装外套,分明跟他手里的是同系列。情侣服?她立即反应过来,道:"才不要!"

"那随便你。"他正在对着手机讲电话,放下那条裙子就转身朝外走,对电话那头说,"出不出名无所谓,我对当明星没什么兴趣,现在只想找个人处理一下工作邀约,电话和私信都太多了……"

对当明星没兴趣?景云诧异地望着他,他背对着她,站在服装间的入口处,几个模特一样的女孩子从他身旁经过,忽然都捂着嘴巴笑了起来。景云瞬间瞪大了眼睛,他哪有那么好看?

而当那群模特走到景云旁边时,她震惊了,转身拿起岑亦湛挑选的那条裙子进入更衣室,内心不停地咆哮:模特儿有什么了不起的?不就是高了很多瘦了很多,长相漂亮很多精致很多,气质优雅很多高贵很多吗?我也……

真的没法比的。

反应过来这个残酷的事实时,造型都已经快做完了。镜子里的自己比平时漂亮很多,依然是马尾辫,碎刘海却被吹了上去,造型师也参考了景云原本的长相,给她化了一个娇艳的妆,给眼睑附近贴了一排亮闪闪的小碎钻,浆果色的口红,玫瑰色的眼影。她根本不好意思走出去,好在没有人强迫她穿高跟鞋,还是搭配了球鞋,但身上的裙子还是让她拘束起来。

鼓了很久的勇气,她才讪讪地走到门口,岑亦湛依然在打电话,看到景云后瞬间凝神,旋即就挂了电话,非常温柔地笑了。

他正准备朝她走过去,秦简从隔壁房间走出来了,一脸骄傲地说:"怎么样?"

岑亦湛和景云望着面前那个尤物,同时倒吸一口气。大波浪、华丽而妖媚的眼妆、凹凸有致的身材、高跟鞋……这竟然是那个常常连头发都懒得梳的秦简?

关键是她那傲人的身材是怎么回事?

还未来得及点评,秦简已经拍了拍胸脯,豪迈地说:"加厚款!"然后冲岑亦湛伸出胳膊,道,"来!扶着本宫上车!"

岑亦湛还是一脸呆滞,却老老实实地把胳膊伸了过去,景云则茫然地跟在后面,什么模特儿,连舍友都比不过,真是输得惨烈!

窗外是流光溢彩的夜,车子一路朝市区开去,那是另外一个北京:豪华、璀璨、布满名流的北京。

岑亦湛静静地开着车子,秦简则跟景云坐在后排叽叽喳喳地普及时尚知识,她对奢侈品品牌如数家珍,聊起设计师如同聊起同学一般,岑亦湛时不时附和几句,景云却一窍不通。其实她根本就不在乎这些,但当下还是觉得差得太远了。

他们根本就不是一类人。

一个小时后,车子才在高级商区停下,奢侈品店一间接着一间。由于是内部活动,品牌也没有对外宣传,但门外还是站着一批消息灵通的夏隼佑的粉丝,举着灯牌呼唤他的名字。

嘉宾和粉丝分开两个通道,车缓缓停下,工作人员立即替她们拉开车门,她们战战兢兢地出示了邀请函,岑亦湛则见怪不怪地把车交给了可以代为泊车的门童。对方一看到岑亦湛就恭敬地说:"这边请。"

他把胳膊递给秦简,秦简连忙挽住,道:"完了,我已经快站不稳了!"

"是谁说要惊艳四方的?"景云无奈地说。

其实她也紧张,那间特意找了知名建筑设计师设计的店铺就在眼前,里面站满了名流。光是扫一眼,就能认出三四个名人来,有演员、歌手,还有作家。

岑亦湛把手递给她,她还在犹豫着,就听到身后沸腾的尖叫声。景云转过头,看到夏隼佑正款步下车,微笑着跟粉丝打招呼。

"佑佑!"景云丢下秦简快步跑了过去,所有的紧张,在那一刻烟消云散了。

而岑亦湛则不可思议地望着她雀跃的背影,死活也想不明白,她怎么会开心到那种地步。秦简忽然大笑起来,道:"眼睁睁地看着她朝另一个男人狂奔而去!这就是一个追星 girl 的人生!"

第四章

追得到我，算你输

失恋带来的最大痛苦，根本就不是伤心或难过那么简单，而是没完没了的自我怀疑：我是不是不够好？是不是做错了什么？是不是根本就不值得被人爱？是不是就会这么孤零零地生活下去？

1

当真是许久不见了。

其实也就只见过那么一次而已,但景云总觉得她跟他已经很熟悉了。偶像总是能给人带来力量的,在艰难的时刻,只要一想到夏隼佑遇到的那些非议和挣扎,她就会勇敢很多。景云的微博根本就是为了夏隼佑而申请的,她从来没跟人说起过,其实她发了无数私信给他,和大多数粉丝一样,明知道他不会看,却还是把那里当一个树洞,告诉了他自己所有的心事。对景云来说,夏隼佑是这个世界上知道她秘密最多的人,也是她最信赖的人。

在距离夏隼佑只有一米的时候,她才赫然站定,脸红红地喘着气。

夏隼佑回头,看到景云。令人震惊的是,他还记得她,侧头打量她一会儿,惊喜地说:"是你啊!考上了吗?"

"考上了!"

因为那句话,景云浑身的细胞都沸腾了。谁能想得到呢?他竟然记得她?景云兴奋地尖叫着,也不管有多少人在看,她毫不犹豫地靠近了他,仰起脸,雀跃地问:"你怎么会记得我?"

"我记性一向不错啊!"他淡淡地回答,侧头望了望她亮晶晶的眼睛,对她笑了笑。

"那你要不要夸我?"

"好的,夸你。"

夏隼佑笑了起来,还是那张雍容的脸,还是那个熟悉的声音,却好像无论看多少遍,都让人看不腻。他穿着精良的西装,气定神闲地置身人群之中。保安把外围粉丝的海报和纪念礼品递了过来,他边签名边问景云:"你怎么会在这里?"

因为太吵,他不得不凑近她的耳朵。景云面红耳赤地望着他,解释说:"有人送我一张邀请函,我听说你在就来了!"

两个人离得太近,不远处的粉丝发出不满的嘘声,夏隼佑抬头看了她们一眼才对景云道:"你先进去,我一会儿去找你。"

"好!"景云乖巧地转身,却听到另一个声音突然说:"喂,你到底有什么了不起的啊?"

冷淡的、低沉的,并且不可一世的声音。

是岑亦湛的声音。

景云不敢相信自己的耳朵,她用力掐了掐自己的手臂,才敢确定,那浑蛋的那句话是对夏隼佑说的。

即便是这样的场合,他依然一脸自大,想起自己刚才丢下他朝夏隼佑跑过去,景云原本有些内疚,听到这句话后她立即叫嚣起来:"不许这样跟我爱豆讲话!"

岑亦湛只是皱眉瞪着她,谁知道她直接躲在夏隼佑身后,揪着他的袖子,好像有了靠山一样,一脸嚣张地冲他做了个鬼脸。

至于那句挑衅的话,也没有引起夏隼佑的半点儿不悦,他好像早就习惯了似的,一见是岑亦湛,便头也不抬地说:"叫老师!"

"才不要。"岑亦湛不服气地看了看夏隼佑,又望了望夏隼佑旁边的景云,最终无可奈何地走开了。

夏隼佑风度翩翩地望着他的背影,只是笑了一下。

"他好讨厌啊!怎么能对你这么不礼貌?"景云气愤地说,侧过头问夏隼佑,"你不生气吗?"

"我是前辈,怎么能生新人的气?"签完名,他又冲正举着手机的粉丝挥了挥手,然后伸出胳膊对景云说,"来,我带你进去。"

景云的心脏几乎快要爆炸了,虽然夏隼佑那些狂热的粉丝总说他一点儿架子都没有，私底下是个很亲切的人，但景云没想到会亲切到这种地步。她挽住夏隼佑的胳膊，兴奋得手都在抖，小声说："等一下我要怎么办啊？我从来没来过这种场合，有什么注意事项吗？"

夏隼佑皱眉望着她："到底是谁给你的邀请函啊？我还以为你是哪位老板的千金呢！"

"岑亦湛啊！"

夏隼佑这才停住脚步，望了景云半天，总算反应过来："所以你是……我点赞的那个女生？"

"对……"

"也就是他在追求的那个女生？"

"对……"

"行吧。"夏隼佑想了半天，最后在心里得出结论：这个世界，就是这么小。

其实并非世界太小，而是岑亦湛原本就是为了夏隼佑而参赛的。那是他刚从美国回来后不久，准备参加高考，《微光时代》的策划专员到格隆集团拉赞助，正在会议室聊着，岑亦湛就出现了。那人立即便说："能不能让你儿子也参加比赛？我可以跟导演商量一下，保他到复赛阶段！"

一个赞助又哪有自己儿子参赛有噱头？岑华胜望了望岑亦湛，便道："你去吧。"

岑亦湛翻了翻企划书，在看到"夏隼佑"三个字之后才说：

"也行。"

对于这一点,夏隼佑是知道的。第一次见到夏隼佑的时候,岑亦湛就说起过景云和《裂隙》的事,夏隼佑只是饶有兴趣地听着,还以为他会替喜欢的女生要签名,结果他却聊起了《裂隙》:"你说,被囚禁在很小的地方比较惨,还是被囚禁在很大的地方比较惨?很小的地方,人无处可去,但很大的地方,却不知道可以去哪里。"

一个分明很茫然的男孩,在夏隼佑的心里,完全就是个孩子。他并不讨厌他表现出来的那些目中无人,反而饶有兴趣,随后就在网上搜了他的消息——那个手滑点的赞就是这么来的。后来还怕给岑亦湛引起麻烦,想解释一下,谁知道他直接不见了。

后来才知道,他是跑去见那个女生了。

得知此事后夏隼佑笑了半天,觉得十九岁的岑亦湛,跟当时十九岁的自己几乎毫无区别。

可是他喜欢的女生,似乎更有趣一些。

一路上景云都在絮絮叨叨地吐槽岑亦湛:"你看他不顺眼请尽情骂他!我绝对站在你这边!"

"我并不讨厌他啊!"夏隼佑道。

景云这才意外地眨眨眼:"真的吗?"

"我觉得他很好玩。"

她做出显然是松了一口气的表情,但旋即又叫道:"那他也不能对你没礼貌!"

夏隼佑忍不住笑了,临进门时才顺便替岑亦湛表了白,说:"他真的挺喜欢你的。"

他一走进去,几个名流就围了上来,大家默契十足地在招牌前合影留念,顷刻间闪光灯亮了起来,景云自动退后,呆滞半天,她应该相信吗？

那是夏隼佑说的欸！

幸好那只是一个小型的答谢活动，除了工作人员外，嘉宾不过百来人，店内一派其乐融融的景象。

景云根本不敢乱动，小心翼翼地站在角落里，秦简拿着两杯香槟过来，压低声音尖叫着："我腿都软了！我竟然跟我最喜欢的歌手聊天了！他还夸我衣服好看！"

为了壮胆，她喝了不少酒，脸颊绯红，兴奋异常。景云道："你少喝点儿，醉了怎么办？"

"没办法，不喝点儿酒我根本就没有勇气站在这里！再说，香槟怎么可能喝醉？"她把一个杯子递给景云，自己又咕嘟咕嘟喝了几口，道，"你千万别碰后面那些衣服，感觉我们倾家荡产都赔不起！好夸张哦，这个世界上居然有几十万块钱一件的衣服，太不可思议了！"

景云回头看了看，才发现几件晚礼服挂在半开放的展示架上，在璀璨的灯光下，显得华贵万分。虽然她很早就知道这世界上有着隐秘而昂贵的消费圈，但当她亲眼见到了，还是觉得有些震撼。地球上有那么多人吃不饱饭，而另外一些人却穿着普通人一年的薪水都买不到的衣服。

忽然又是一阵尖叫，不知道又是哪个名人来了。秦简连忙跑去凑热闹，景云则彻底退到人群之外，在一个丝绒沙发上坐下来。

"你怎么啦？"一个熟悉的声音响起，景云转过头去，不可思议地看着夏隼佑，他懒洋洋地在她旁边坐下来，就像是刚下班一样，松了松领带，正在对着手机发消息。

"你会不会觉得这种场合很奇怪啊？人类居然在买衣服上能花

那么多钱！到底有什么必要性呢？"

景云很困惑，夏隼佑则扬了扬眉，看着她问："那你觉得怎样才正常呢？"

"应该把钱省下来做更有意义的事情。"景云认真地回答。

"比如呢？"

"保护地球，或者救灾什么的？"景云也不确定地说。

身着西装的侍者经过，夏隼佑打了个手势，那侍者立即递给夏隼佑一杯香槟。他笑着说："可是如果没有这些品牌的话，就业率怎么办呢？大家都去保护地球了，普通人的生活要靠什么运转？"

景云怔住了，她完全没想到会有机会跟自己的偶像探讨起经济学来。而那是她喜欢夏隼佑的原因，好像无论什么事情，他都有自己的见解。景云思索了半天才说："日常生活又不是靠奢侈品体现的。"

"但工业和手工业需要奢侈品的支撑，时尚产业是自上而下的，奢侈品集团靠大量的投资探索服装的材料和设计，下游的品牌才能有东西参考，让爱美的人在生活中找到娱乐空间，靠一两件衣服焕然一新。"他把胳膊搭在沙发上，侃侃而谈，"这几件衣服又不是拿来卖的，设计师们都怀着做艺术品的心态忙了那么久，一针一线都是手工制作的，光打版就换了十几次，最后只是让大家欣赏一下他们的劳动成果，你不觉得也是在为自己的行业努力着吗？"

景云撑着下巴望着他，偶像不愧是偶像啊，她好奇地问："你怎么连这个都知道？"

"我也要做功课啊，不然被记者问起刁钻的问题，什么都答不出来怎么办？"

景云仰慕地望着他，他们坐的位置是顾客休息区，灯光比别处暗一些，但他依然十分耀眼。景云忽然想到什么，问："思雅呢？"

"大概在学校吧！"

"她关注我的微博哦！"

"看到了。"

"我可以找她玩吗？"

"不可以。"夏隼佑直言不讳地答，"她比较怕跟陌生人打交道。"

他眼底闪过内疚和怜惜一样的情绪，却被景云抓到了，她心疼地望了他一会儿才说："我觉得思雅才没那么脆弱呢！她比你以为的强大多了，不然的话，你根本不会有机会再见到她。"

夏隼佑意外地看了她一眼，才道："你倒是挺了解她的。"

"女生喜欢一个人的时候是什么也不会怕的，不管是跋山涉水也好，翻山越岭也好，流言蜚语也好，可是男生都不明白。"

说着说着，她的情绪就低落了。想起宋涤尘，想起这些年的时光，明明什么都愿意为他做，一起来北京也好，将来一起存钱也好……她习惯了想要什么就能得到的人生，她有能力，也有勇气和信心，结果他却没有给她那样的机会。

肯定是哪里出了问题，如同搭错的弦一般，让她的人生从此截然不同。

夏隼佑皱眉望了她一会儿，才问："你怎么了？"

"失恋了。"她自嘲地笑了笑，又吸了吸鼻子，问，"不聊我了，说说你，最近几年你有变开心一点吗？我是说，那种真正的开心。"

"还是有的。"他的表情也腼腆了一些，嘴角却始终挂着若有若无的笑。其实之所以记得景云，就是因为她当初问了自己那个开不开心的问题。聪慧的女孩，令他觉得人与人之间是可以有一些信任存在的。

景云俏皮地问："是因为思雅来北京了？"

夏隼佑用手机敲了敲她的脑袋,道:"小孩子不许打听这些事情!"之后才点开消息。

景云说:"可是我跟思雅同龄欸……"

夏隼佑突然站起来,疲倦地暗骂一声:"该死。"

"怎么了?"

"看你微博。"

夏隼佑说着,就朝另一个方向走过去。景云茫然地打开手机,才发现那段视频早已被传得全网都是,岑亦湛对夏隼佑说:"喂,你到底有什么了不起的?"

视频是经过处理的,只有一两段模糊的镜头,断章取义地截掉了后面的对话,于是让那个情景看起来充满敌意。但与此同时,有另一组视频拍到景云也在现场,"联合炒作"这个词,再次在微博热搜上出现了。

只一个晚上而已,网上的粉丝又吵翻天了,那段视频底下乱成一团,引起多方混战。最多的当然还是夏隼佑的粉丝,一个接一个地说:

这年头,怎么什么人都跑来蹭热度?

左不过又是一个某某人罢了,除了长相,一无是处!

有一说一,这位某某人比那位某某人顺眼多了!

那当然了,那位某某人已经年老色衰了,只靠长相就不要怪新人辈出了,长得好看的人那么多,总有比他更好看的!

粉丝口中的某某人,当然是暗指廖庭恺。话说到这份上,廖庭恺的粉丝自然也出现了。景云一排排地划了下来,看到他们气急败坏地说:一年都没有出现了,这是在为复出造势吧?

出道三五年,隐退七八次,真是佩服!

说好的高端大气呢?如今沦落到跟新人抱团炒作的地步了吗?

景云看得心烦意乱,站起来去找秦简,找了好半天,才看到她跟岑亦湛正坐在楼梯间。她枕着岑亦湛的肩膀,无助地说:"我等一下会不会发酒疯啊?"

"不会的。"岑亦湛的语气温柔至极,抬头看了景云一眼才说,"现在就送你们两个回去。"

"她怎么了?"景云皱眉。

"喝醉了。"

"景云!"秦简突然站了起来,抱住她笑嘻嘻地说,"怎么办啊?我头好晕!"

秦简穿着高跟鞋,比景云高了很多,肢体不受控制,差点儿把景云也压倒。景云吃力地撑着她,没站稳,下意识地望向岑亦湛。而岑亦湛的反应比她以为的快,在她还没有看向他的时候,就已经拉住了秦简,结果一低头,又迅速转移了目光。

秦简那"惊艳四方"的身材在变形的动作下暴露无遗,景云瞪大眼睛,立即四处观望着,岑亦湛把外套脱了下来,递给她道:"更衣室在那边。"

他们合力把秦简带到了更衣室,岑亦湛替她们把门关上,退了出去,站在一旁守候着,结果就听到秦简嘻嘻哈哈地说:"岑宝宝超好的哟!你就给他一个机会嘛!反正你跟男朋友也分手了是不是?"

岑亦湛心里一沉。

景云则好声好气，哄孩子般地说："胳膊！抬起来……另一只！"

"他还跟我说你最近心情不好，让我安慰你，你看他多贴心！"

"你不要说话了！"景云无奈地叹息。

半晌，门才打开，岑亦湛就站在门边，不动声色地望着天花板，待她出来，才垂了垂眼睛，她低着头，小心翼翼地说："好了。"

"我去把车开过来，你去叫几个服务员帮忙。"

"啊，好。"

一身的骄傲荡然无存，失恋带来的最大痛苦，根本就不是伤心或难过那么简单，而是没完没了的自我怀疑：我是不是不够好？是不是做错了什么？是不是根本就不值得被人爱？是不是就会这么孤零零地生活下去？

而你最狼狈的时刻都被人看到了，也还是得硬着头皮生活下去，避开那些同情或者怜悯的眼神，一脸倔强地站在那里，维持着你最低限度的尊严。哪怕你明知道他不会因此就看低你，却依然没办法去看他的眼睛，完成那个对视。

他到底是什么时候跟秦简说的？景云想问，但当然没问。

两个人还未来得及行动，夏隼佑就出现了，他径直走到岑亦湛面前，伸出手道："手机给我。"

"嗯？"岑亦湛一脸困惑，却还是老老实实把手机递了过去。夏隼佑找到微博，打开，搜到自己的账号，点击了关注。岑亦湛皱了皱眉，还未来得及表达不满，夏隼佑就已经下了命令，说："你跟我走！"又对景云道："你们两个坐我的车回去。"

"出什么事了吗？"景云担忧地问。

"没事，你好好上课。"夏隼佑低头对她笑笑，说，"说好的要让我骄傲起来的,不可以说话不算数哦!"

看到那样温柔的笑容,景云还是脸红了,仰头说:"你也要说话算数,早点儿拍新电影才行!"

"快了。"他说。

一个高大的男孩子走了进来,夏隼佑介绍说:"吨吨,我的司机,他会送你们回学校。"

"好的。"

景云吃力地扶着秦简,吨吨则搭了把手,他们要从侧门离开。夏隼佑则带着岑亦湛朝一个女人走去,其间景云回了一次头,刚好看到岑亦湛也正望着她。还是一如往常,几乎没什么表情。

他肯定听到了,对吧?

景云感激他没有问起。

是偶像的座驾欸!

好像是为了不引人注目才选择的低调款式,黑色的车体,是他代言的品牌。车门打开,内里是高级皮革的气味。饶是扶着秦简已经足够辛苦了,景云还是能抽得出精神问:"佑佑一般坐左边还是右边?"

"啊?"吨吨想了半天,才道,"他躺着的时候居多……"

景云忍不住笑起来,千辛万苦跟秦简一起坐进去了,四处打量着车内的一切:棒棒糖、巧克力、电子游戏机……还真是堆满了他喜欢的东西。前排的口袋里还有粉丝写来的信和送的礼物,几个毛绒玩具堆在座位上,景云唯恐秦简压到,将其小心翼翼地放好。

好在秦简一上车就睡着了,一直靠在景云的肩膀上。景云嗅到一丝熟悉的味道,想了一会儿,才发现是岑亦湛的衣服带来的香水味。那种沉木般的香气,总是能把她带到非常古老的氛围里,好像冬日壁炉里燃烧的火焰,抑或几千年都没有进入过的原始森林,令人瞬间就安静下来。

为了转移注意力,她打开手机,这才发现,岑亦湛那群"姐姐粉"也冒出来了,理智地解释说:佑佑怎么可能会讨厌虎仔?他刚出道时也是这样一个人啊!

如今年纪小的粉丝应该是不知道了,说到叛逆,谁还能比佑佑叛逆?

话说回来,看他们互损还挺有趣的!恐怕佑佑自己都想不到,会突然遇到一个"当初的自己"吧?

不愧是姐姐粉,完全是看热闹的心态,不像年纪小的粉丝那么激进,她们就那么漫不经心地在景云的评论区八卦起来,从夏成雄聊到顾琳,又从夏隼佑聊到夏鸣,面对廖庭恺的粉丝也不咸不淡地说:娱乐圈正在更新换代,这个都看不出来吗?流量迟早是要被更大的流量取代的,实力才是王道。有吵架的工夫,还是督促你们的爱豆去做点正事吧。

"真厉害!"

景云发出了啧啧声,看着看着,忽然发现一条评论,说:景宝宝是佑佑的粉丝来着,虎仔是吃醋了吧?哈哈哈!

景宝宝?景云一看到这三个字就倒吸一口气,点击回复:不许乱给我取这么恶心的外号!

没过多久,微信就亮起来,小溪无奈地问:你怎么又跟别人吵起来了?

他们竟然叫我景宝宝！景云发了一个愤怒的表情，小溪则回了一个怯生生的表情：那个外号是我起的……

你搞什么？

对不起，你如今也是个有粉丝的人了，我是你的站姐，请对我好一点！

景云望着手机上的动态眨眼表情，想了半天，才长叹了口气，又打开微博，发布了一条新内容：都什么年代了，为什么还会有人相信明星之间不和的新闻？不土吗？

她在心里思索着方才发生的一切，微博热搜并非有话题就能上榜的，酒吧事件过去后夏隼佑一直低调行事，热搜肯定不会是他买的，他一脸反感，还特意留下了岑亦湛，说明对于谁把这条新闻推了上来，心里已经有数了。而他跟岑亦湛唯一的交集是《微光时代》，那么毫无疑问，是节目组买的。

问题是夏隼佑的拍摄已经结束了，为什么还要利用他？

不对，他们要利用的是岑亦湛。

景云呆了呆，忽然想明白了。他还没来得及入场，就成了消费品。他自己知道吗？

"佑佑真的开始拍戏了吗？"车厢内太安静了，景云忍不住跟吨吨聊起天来。吨吨从后视镜看了她一眼才说："他不让我跟你说话。"

"啊？"

"佑佑说你比较伶牙俐齿，怕我应付不过来。"

听到这句话，景云忍不住又笑了，问："这算是夸奖吗？"

谁知道吨吨却很认真地回答："我觉得是。"

"思雅经常出现吗？"景云立即探身，但吨吨并没有上当，说：

"无可奉告。"

景云再次笑了起来。

她已经跟小溪打好招呼,车子刚到达学校,就有一大群女生迎了出来,众人兴奋地研究着秦简的造型,景云替她收好了包,转身向吨吨道谢:"多谢你了!"

"有人要添加你的微信。"吨吨晃着手机,上面是一个二维码,名叫"切克闹",头像则是一个拙劣而丑陋的手绘小人。

"这是谁?"景云皱眉。

吨吨则面无表情地回答:"你爱豆。"

"佑佑,切克闹。"吨吨一板一眼地解释着,语气却并没有任何起伏,好像已经习惯了似的,补充说,"他怕你在网上胡来,觉得有个你的联系方式比较好。"

虽然早就知道夏隼佑私底下是个很幼稚的人,但是也没想到他会玩这种冷幽默。

景云叹了口气,才扫码添加了,结果没多久就看到了附注消息:**不许骚扰我。**

那你添加我干什么?景云想要冲他这样大吼,但还是忍住了,盯着那个通过页面傻笑起来。

是爱豆的微信欸!

虽然是彻底屏蔽了自己,看不到任何消息的微信,但内心还是跟遇到奇迹一样,到处都闪着绚烂的光。想要强忍住联系他的欲望,却根本控制不住,毫不犹豫就打了"我爱你"三个字,并附加一大堆感叹号。

结果没多久夏隼佑就回复了:**请不要发这种会令人误会的微信!难道女朋友会查手机吗?哈哈哈!我才不信思雅是那样的人!**

景云还在抱着手机狂笑,却收到了她有生以来最温柔的消息:你是一个非常可爱的小姑娘,失恋了也不用太伤心,我相信是那个男生配不上你。

景云呆滞了半天,眼泪才忽然滴落。她擦擦眼睛,把手机放在胸口,微笑着跟在小溪她们身后,望着夜里女孩子们仓促的身影。可惜这夜看不到星星,但无论宇宙间有多少明亮的天体,夏隼佑都是最美好的那一个。他还是像从前一样指引着她,将她的人生照亮。

偶像说过的话就是真理。所以,"伊景云是一个非常可爱的小姑娘",就是确凿无疑的真理。

第五章

我的小欢欣,你真的知道吗

最怕的,往往是脱口而出的真话,它们迅疾而直接,如同子弹一样击穿所有的表象,不留一点点颜面。

1

"我再也不喝酒了！"

早晨一起床，秦简就一脸懊恼地说。两个人坐在食堂吃早餐，秦简半死不活地扶着额头，问："我昨天有没有做什么很过分的事情？"

"没有，你的岑宝宝一直陪着你，没让你丢脸。"

景云边吃着煎蛋边说，思来想去，她还是不准备跟她聊起她的那句"已经分手了"，一旦聊起来，景云就不得不从头到尾解释一遍，最惨的是，这完全没什么好解释的。可是她记得他陪在秦简身边的时候，是个温柔而体贴的男孩子。也记得更衣室外他垂下来的眼眸，那是欲言又止的表情。

十一假期即将到来，整个学校都变得懒洋洋的，尤其是清晨，学生们睡眼惺忪地出现在食堂，初升的太阳露出一道细细的光。那场雨之后，秋天就逐步来临了，但夏天似乎还不太想走，空气在冷热间交替着。秦简揉了揉额头，突然惊魂未定地叫了起来："天哪！我没对岑宝宝做什么离谱的事情吧？"

景云皱了皱眉："你想做什么离谱的事情呢？"

"一大堆呢！"秦简暧昧兮兮地笑了起来，景云便翻了个白眼，站起来说："我去跑步了！"

"你还真有精力，那我回去补觉好了。"

两个人把餐盘放好，才分别离开。景云在空寂的操场上跑了一圈又一圈，好像只有这样，才能让自己冷静一点。

临出发上大学之前，其实景云跟父母讨论过有关恋爱的事。那时候他们正帮她收拾行李，交代着注意事项，景云忽然鼓足勇气问："要是……有男生……"

　　第一次跟父母聊起这样的话题,景云自然是紧张的,但父母都心知肚明,妈妈笑了半天,说:"小尘才不一定有空理你呢!"

　　爸爸则道:"才大一谈什么恋爱?你少在那里怂恿她了!"

　　"小尘又不是外人!"

　　听到这句话,景云就脸红了,却还是抬起下巴道:"又不一定是小尘!说不定追我的人排成队!"

　　妈妈拍了她的脑门一下,说:"你就做梦吧!"

　　结果还真被妈妈说中了,宋涤尘根本没空搭理她,而除了一个莫名其妙的岑亦湛之外,也根本没人追求她。学校里的男生都知道景云的绯闻,还以为景云是什么富贵人家的大小姐,见到她就叫她"富婆",也是奇奇怪怪的。她那个微博则突破了十万人大关,完全像一个营销号一样,私信里塞满合作邀请。景云对钱全无兴趣,任由他们把自己的微博当论坛一样讨论娱乐圈八卦。夏隼佑并没有嘱咐过她要保密什么的,但景云不傻,知道哪些话可以说,哪些不可以。

　　得到了偶像的赞赏之后,她不得不重新振作,考虑以后的生活。没有了宋涤尘,大学生活还是要继续的,已经拿到了选修课的排期,接下来需要找一个爱好。社团是没办法参加了,如今走到哪里,都会被人围住,打听岑亦湛的消息,而一提到岑亦湛……

　　她的手机响了起来,打开一看,却是宋涤尘的消息,他问:你还好吗?

　　景云停下脚步,想了好久才回复:还行。

　　请你吃饭,去不去?

　　景云回复:去啊,为什么不去?

　　不管怎么说,宋涤尘都是她最好的朋友。哪怕不是她期待的感情,也不能否定他们一起度过的那些时光。他是一个……绝好的男生,碰到他,依然是景云青春期里最高兴的事。她不想让他难堪,也不想彻头彻尾地否定他。她希望他快乐。

宋涤尘发另一个地址过去,景云才明白这次请客的原因,欣喜地问:你赚钱了?

嗯。

几点见面?景云激动地问。

钱的本质,其实不外乎就是纸,或者毫无意义的数字。

"货币只是衡量价值的标尺",经济课上老师这样说过,货币的存在是契约,也是认可。聪明,或者才华,从来都是看不到的东西,但现在,宋涤尘以具体的东西证明了自己。

景云不想让他连一个能分享快乐的人都没有,宋涤尘不是个爱交际的人,一直冷冷清清的,想来大学生涯也不如景云的生活热闹。

为了赴约,景云又开始狂翻衣柜,看到岑亦湛的那件外套,愣住了。好像一直忘记还给他了。

即便是一起见过了夏隼佑,景云还是没有添加岑亦湛的任何联系方式。参加品牌活动的衣饰都已经换下来了,但景云和秦简都没有穿奢侈品的经验,不敢乱送干洗店去洗,只好叠好放在一边。那条裙子,她很喜欢。她甚至觉得,岑亦湛比她更了解她应该有的着装风格,但景云不是岑亦湛,没办法花太多时间和精力去研究穿衣打扮。

可能永远也无法成为那种精致的女孩子了,景云忍不住想,似乎也没办法成为跟恋人在校园里散步的女生,抑或半夜抱着电话在走廊上跟男友撒娇的人。想要的恋情和天气都不存在,这是她必须要面对的事实。

搭配了好久，景云才决定穿衬衣和牛仔裤应邀，她问秦简："我这样穿合适吗？"

秦简上上下下打量了她半天，才问："是约会吗？"

"你就装吧你！明知道我跟小尘早就没有关系了！"

秦简吓了一跳："你怎么知道？"

"你自己想！"景云瞪了她一眼。

秦简讪讪了半天，才咬着苹果说："既然如此，你干吗还跟他一起吃饭啊？"

"因为我们是好朋友啊！"

"这世界上哪来的分手后的好朋友啊？"

"我跟小尘例外。"景云自信地说。

结果见到宋涤尘后，她才发现自己还是太天真了。

吃饭的地方在一个以精致而闻名的商业区，离学校有一段距离，无比繁华，也无比热闹。景云特意打了出租车过去，结果遥遥就看到了宋涤尘，他就站在路边，静静地，又有一点孤单地打量着周围的店铺。他身后是北京特有的名人故居，古老的红色墙壁，树影婆娑，伸出一角雕着古典纹样的屋檐。

当时年少春衫薄，骑马斜倚桥，满楼红袖招。

景云忽然想起这首诗来。她一阵怅然，才推开车门，露出一个灿烂的笑容，问："你等了很久吗？"

宋涤尘转过头来，看到景云立即微笑起来，道："还好，也才到。"

"干吗非要请我吃那么贵的东西？"

"觉得欠你的啊！"

两个人静静地往前走着，假期的闹市区，到处都是人。景云瑟

缩着环抱着双臂,唯恐会碰到他。他则手插着口袋,遥遥地望着前方,人群偶尔把他们挤到一起,隔着衣服的面料,她还是像被刺到了一样。

在全然陌生的城市,景云曾经以为,他们会彼此依靠的,如今才发现,根本就没有那样的机会。宋涤尘其实是一座孤岛,她靠近不了。

"你不用特意偿还我什么。"

"至少得请你吃一顿法国料理才行。"

景云心里一痛,忽然想起念中学的时候,她习惯什么东西都买两份,一份给自己,一份给宋涤尘,还开玩笑地说:"我对你这么好,你将来要怎么感谢我啊?"

"你想要什么感谢呢?"

"我要吃法国料理,最贵的那种!"

宋涤尘便笑着说:"好好好,请你吃最贵的。"

那时候他们都太小,也不知道法国料理究竟是什么,只知道那是约会和昂贵的证明,一说到男女间的请客,无论电视、电影还是小说,全都是法国料理。

"那都是小时候的事了!"景云道。

宋涤尘却说:"你现在也很小。"

"不小了。"景云在心里暗笑,失过一次恋的人了,就应该是个成熟的人了。

成熟到也只能在心里这么想,而不是说出来故意刺痛他,让他陪自己一起尴尬。

但谁也没想到,一进餐厅,景云就看到了岑亦湛。

他正跟一个矮小的男人在餐厅深处,视野正好对着入口,景云的位置则对着餐厅里侧。四目相对,两个人都怔了一下。

还说什么北京大到不会有巧合,结果就真的遇到了巧合。

岑亦湛呆滞地看着他们走进来,预留的位置就在窗边,宋涤尘一进来就跟服务生交谈着,景云则瞪大眼睛望着他,眼睛里闪过一丝惊讶,却又赫然反应过来什么,紧张地看了看宋涤尘。

一看到那副表情,岑亦湛就忍不住笑了,待他们朝座位上走过去的时候,刻意侧了侧头,并用手抵着额头,挡住了自己的面孔。

好在宋涤尘是背对着她的。

那是一家很摩登的餐厅,穹顶上挂着大小不一的枝形灯,非常精致。为了照顾客人的隐私,座位与座位用镂空的栅栏隔开,只留下一道道分裂的碎影。服务员引领他们到提前预留的位置坐下,靠着窗户,能看到四合院内的竹林。宋涤尘坐下后就拿起了菜单,景云则茫然地望着岑亦湛,又看了看面前的宋涤尘,连忙掏出手机发微信问秦简:是你告诉岑亦湛那家餐厅地址的吗?

秦简很快就回复了:小姐,我还不至于那么没分寸!怎么,你碰到他了?

对!我要怎么办?

景云发了个哭泣的表情,秦简隔了一阵子才回复,发的是跟岑亦湛的聊天截图,秦简把她跟景云的对话发给了岑亦湛,岑亦湛只回复了一句:让她放心,我不会打扰她的。

景云这才松了一口气。

从头到尾,宋涤尘都没有发现她的异样,服务员将菜单送了过来,他正专注地打量着菜单,景云见状也跟着打开菜单,结果只看一眼就叫起来:"好贵!"

服务员在一旁笑眯眯地望着她,她脸红了,侧过头说:"我们待会儿再点。"

"好的。"

等服务员走开,她才压低声音道:"我们换一家吧?"

"拜托,你就好好吃了这顿吧!"宋涤尘无奈地笑了半天,景云忍不住就纳闷起来:"你赚了很多钱吗?投资是不是真的很有趣?"

"也不知道是不是我运气好的缘故,反正比想象中简单。"宋涤尘抓了抓头发,也是一脸惊讶。

"是炒股,还是基金?期货是不是比较有趣?我们老师说要重点观察期货来着。"

"那是因为你们学校的课程偏向宏观经济,我们学校偏金融多一点……"

到底还是经济学的学生,聊着聊着,话题就变成了讨论功课。

而岑亦湛一直饶有兴致地望着他们俩,她朝岑亦湛的方向瞥了一眼,发现他正在跟一个瘦小的男人聊着什么。那男人年纪不小了,戴着眼镜,有些秃顶,看起来很滑稽。整个餐厅的人都衣冠楚楚,只有他们两个例外,岑亦湛穿着一件有铆钉的卫衣,那男人则穿着老土的毛衣。才十月,怎么就有人穿毛衣了呢?

景云还是忍不住拿起手机,发消息给秦简,问:*岑亦湛旁边瘦小滑稽的男人是谁啊?*

听你的形容,应该是他经纪人。

岑亦湛怎么会有一个那么奇怪的经纪人?

正聊着,岑亦湛忽然站起来,景云吓了一大跳,也跟着站起来。宋涤尘抬头,景云忙说:"我去洗手间!"

看到她那紧张的样子,岑亦湛忍不住摇头叹息。

洗手间远在餐厅的另一边，要绕过那个种着竹林的院子。景云不希望宋涤尘知道岑亦湛的存在，特意从另一个方向离开，结果刚走出来没多久，就听到岑亦湛讽刺地说："你紧张什么呢？我跟小尘又不会为了一个女生当街打起来！"

"不好说，你这个人一向不按常理出牌的！"

两个人之间隔着竹林，各自走在一边的走廊上，如同隔墙吵架一样。岑亦湛浅笑了半天，见周围有人望着他，他才把卫衣的帽子戴上。景云也跟着诧异，如今他走在路上，竟然有那么多人注意了吗？

到了竹林尽头，景云才绕了过来，打开户外洗手台的水龙头，俯身洗手。岑亦湛则懒洋洋地站在她后面，嘲弄地问："不是已经分手了吗？"

"那我也不希望你见到小尘！你万一伤害他怎么办？"

"你为什么就这么确定是我伤害他呢？"

"又不是第一次了，你们岑家……"

话还没说完，景云就意识到自己说错了。她僵住，任由清水淌过手指，小心翼翼地看了眼面前的镜子，岑亦湛那件卫衣的帽子极大，几乎遮住了眼睛，也看不到是什么表情。

静了一秒他才说："说的也是。"

"喂！"景云慌忙关掉水龙头，跟上前几步，干巴巴地说，"对不起啊……"

"事实啊！"岑亦湛背对着她摆了摆手，迅速走开了。

回到座位时岑亦湛已经准备买单了，景云依旧尴尬地望着他，他却假装没看到她，故意看向半空，之后，在景云内疚到极致的时候，才突然冲她笑了笑。那是得意的、调皮的、孩子气的笑。

"你！"景云呆了一下，才火冒三丈，谁知道却把宋涤尘吓了一大跳，赫然抬头："啊？"

"没什么没什么！"景云连忙摆手，说，"听说这里的南瓜布丁很好吃！"

"那就点一份好了。"

宋涤尘全然没注意到景云的异样，等他重新看起菜单，景云才又瞪了岑亦湛一眼。结果岑亦湛正在跟服务生说着什么，害得景云一腔怒气无处发泄，顿时更生气了。

直到那顿饭吃完，她的气都没有消，而宋涤尘也是到结账的时候才知道岑亦湛来过。他叫来服务员买单，服务员却笑眯眯地说："岑先生已经结过账了！"

"岑先生？"

"岑亦湛啊，他本人比电视上还帅！"服务员用账单遮住脸笑了起来，好奇地问，"你们是他的朋友吗？"

景云则拍了拍桌子，说："他走的时候我们还什么都没有点，他怎么买的单啊？"

"是这样的，他在本店授权了信用卡，到时候直接扣款就行了。"

景云其实一个字也没听懂，却还是怒气冲冲地说："你又没经过我们的同意，为什么准许他替我们买单？基本的尊重呢？"

"可是我刚才看到你们两个在那里说话，还以为……"

宋涤尘这才大笑起来，拉着景云道："行了行了，走吧！"

他和气地冲服务员笑笑，拉着景云走出餐厅，问："所以你一个下午魂不守舍的，就是因为见到了岑亦湛啊？"

"对不起，我只是……不希望你生气而已！"景云手足无措地解释，却发现根本不知道该说些什么。按理说宋涤尘已经甩了她，她跟谁交往都是她的自由。

不对,什么交往不交往的?景云大叫一声:"好讨厌他啊!"

宋涤尘忍不住笑了:"你干吗要生气?我又为什么要生气?你们还好吗?"

"啊?"

"他不是在追求你吗?"

跟曾经喜欢的男生聊起现在喜欢自己的男生,这感觉太奇怪了。

景云茫然地望着他,听到他说:"你们还挺合适的,岑亦湛好像是个挺无聊的人,而你刚好是个很热闹的人,你们在一起的话,你爸爸应该也挺高兴的……我还看了他参加的那个选秀节目……"

"你别说了!"景云连忙打断他道,"我们根本就不应该聊起他!"

可是经过这么一闹,景云的状态却正常了不少。宋涤尘看出来了,才故意说:"一般情况下,你根本不应该跟我出来吃饭啊!"

"那你就连一个可以分享好消息的朋友都没有了!也太惨了!"

看到她又恢复了伶牙俐齿的样子,宋涤尘才笑了,说:"你应该恨我的。"

"开什么玩笑啊?我喜欢了你那么多年,怎么可能说恨就恨?"她翻了个白眼,继而愣住了。

一瞬间,好像整条街的声音都消失了,她不可思议地转过头,却看到宋涤尘温柔而怜悯地望着她,她眼眶一热,险些又哭了。

最怕的,往往是脱口而出的真话,它们迅疾而直接,如同子弹一样击穿所有的表象,不留一点点颜面。

但好像他们迟早得坐下来,认真地聊聊这件事。景云相信她跟宋涤尘都是明事理的人,即便分手,也不用朝彼此大吼、撕破脸皮。他们应该有一个体面的分手,就像现在这样:两个人站在街边的一间小咖啡馆门口,无所事事地望着游客经过。前面似乎出了事故,路上彻底被堵死了。两个人都靠着墙壁,也不看对方,宋涤尘问:"很多年?"

"嗯。"

古建筑区是禁止建高楼大厦的,只要一抬头,景云就能看到瓦蓝瓦蓝的天空,是她期待中的古老的北京。远处也不知道是博物馆还是什么宫殿,楼层非常有气势,那种朝代更迭带来的震撼,更是让感情不值一提。这里是北京啊!有那么多有趣的人和事,怎么能把时间花在失恋上呢?景云老老实实地承认了自己的感情,她不准备骗自己,至少不会在这个话题上骗自己。心里再难过,到了此刻也平静了一些,好像心平气和地说出来之后,就不是什么大事了。

但终究还是意难平,忍不住就问了那个所有人都会介意的问题:"你有没有……"

喜欢过我?但问不出口。

宋涤尘是能够听懂的,他淡淡地说:"临近高考前,市里有个高三学生代表宣誓的活动,你还记得吗?"

"嗯。"景云当然记得,是全市的高考生宣誓大会,每个学校都会挑选一些学生去参加,选定的标准既不是按照成绩也不是按照形象,谁也不知道是怎么选的,最后随机找了一群人的感觉。宋涤尘被选中了,景云没有。

"当时周末要排练,是在实验中学,我记得有一天下雨,雨很大,大家都在教室里背宣誓词。"宋涤尘悠然地说,声音却低了很多,道,"我背得无聊,就去窗边看了一眼……"

景云的眼泪夺眶而出。她当然记得那个上午,突如其来的雨还

是让她紧张了一下。距离高考只剩一周的时间了，要是这个时候宋涤尘感冒了怎么办？人一慌张，连发个消息都忘了，就这么抱着两把伞匆匆出门。实验中学有点儿远，路上交通也不便，她打了辆车，心急如焚，到地方了，才发现雨已经停了。

像一个讽刺的寓言一般，乌云转瞬即逝，一瞬间阳光四射，照耀着树叶上滴落的雨珠，折射出小小的彩虹。南方总是有很多突如其来的雨，毫无缘由地下，毫无缘由地停，只是在一场雨和一场雨之间，很多事情就都变了。

景云当时觉得有点儿傻，沉思片刻，就又抱着雨伞回去了。

谁知道他却看见了。

"我当时本来想叫住你的，不过一回头，老师又叫我们去排练了。"宋涤尘不动声色地摩挲着咖啡杯，依然用那种很平静的口吻说，"但那一天……"

那一天，我是喜欢你的。景云在心里替他补完那句话，之所以如此确定，是因为她记得，下午四点他突然打电话给她，叫她出去散步。南方的五月已经是盛夏了，两个人坐在路边吃冰激凌，空气中到处都是雨后才有的清新气息。景云好奇地问："干吗突然叫我出来？"

那时她还以为是心有灵犀，现在才明白，是事出有因。

她也记得宋涤尘当时回答："想看到你。"

她呆了呆，脸蓦地就红了。风吹着她的碎发，跟冰激凌一道粘在了唇角。宋涤尘伸手替她把头发拨开，又用手指擦了擦她的嘴唇。她整个人都呆住了，动也不敢动，心跳得飞快。

而如今再想起，那个心跳加速的时刻，就变成了一击致命的痛。她忽然颤声问："那你为什么拒绝我呢？明明……"

"因为我们不合适。"他很平静地说，并轻啜了一口咖啡，"本来找你吃饭,就是想跟你说清楚,总觉得欠你一个解释。我是个很现实的人,爱情什么的……并不是人人都需要的。如果我们真的在一起了,你难过的时候会更多,你应该跟那种能宠着你、哄着你的人谈恋爱,我不是。我实际上是个连跟人打交道都觉得烦的人,只想一个人待在没人知道的角落里,我回报不了你的,你明白吗?"

"你怎么知道我想要什么,不试试你怎么知道呢?"

"我当然知道,我又不傻。"宋涤尘侧头看了看她,一触到他的目光,景云就泄气了,是,她当然是。无论平时怎么宣扬独立、大气,她内心也依然是个渴望爱情的孤单少女,虽然不至于相信公主王子的童话,却相信自己能跟宋涤尘一帆风顺、两情相悦、白头偕老……因为她习惯了整齐划一、天道酬勤的人生,在她的世界里,但凡想要什么,只要朝那个目标努力,就一定会胜利。

但她忘记了,这一次,不是她一个人的游戏。

暮色不知不觉就降临了,游客少了一些,马路上却还是挤满了人,成群结队的都市青年到达,他们都衣着光鲜,时髦又现代,嘻嘻哈哈地钻进一间又一间小酒馆。一阵冷风忽然穿过,沿着层层叠叠的巷子四处流窜,景云的头发被吹乱了,粘在嘴角,跟那天一样。

她胡乱地把头发拂开,望着宋涤尘,一字一顿地说:"你简直就是脑子有病!"宋涤尘只是微笑,不准备反驳的样子。

景云拎着包朝地铁站的方向走去,走到一半,又拐回来,说:"错过了我,是你这辈子最大的损失!我希望你到八十岁都在后悔,怎么会拒绝我这么一个光芒四射的好姑娘!我诅咒你永远都忘不掉我!将来痛哭流涕地怀念我!连墓碑上都会刻下我的名字!"

"这个就有点儿奇怪了。"宋涤尘笑眯眯地望着她,她呆住,想了一下墓碑上刻着两个名字的场景,才又跺了跺脚:"那这个省略!其他的……"

"我保证我会的。"宋涤尘接上去,真心实意地说,"我保证,错过你是我这辈子最大的损失,八十岁都在后悔,永远也不会忘记你,不过也不至于痛哭流涕地怀念你。我会祝福你,伊景云,希望你健康快乐,长命百岁。"

人生第一次失恋,竟然是因为这种莫名其妙的理由。

几天之后景云还在拉着秦简叨叨:"你说他是不是有问题?我又不是那种无理取闹的人,不宠我,我也不至于要跟他分手!再说了,我还这么小,第一次谈恋爱,想让别人哄着我又怎么了?难道不应该吗?我做错了什么,竟然惨遭拒绝?"

秦简无奈地望着她道:"拜托,你都抱怨一个星期了……我倒是觉得他的理由很充分啊,我还挺理解他的。"

"你怎么可以向着他?"

"本来就是啊,有些人就是不需要恋爱啊,因为感情无论怎样都会让人失望的,但不开始就不会有这个问题了。喜欢一个人,放在心里就好了,至于什么结果啦、过程啦,都无所谓的。"

景云不可思议地瞪着她,说:"难道你也这样?简直变态啊!"

"干吗?还不许别人有独特的感情观吗?"

"就算有也不能说出来,你应该跟我一起骂他!"

"好好好,我错了!全都是他的错!他就是个人渣!是这个世界上最卑鄙的人,应该遭到天谴,被雷劈中!这样行了吧?"

"那也不至于……小尘无论如何都不算人渣。"

秦简哈哈大笑起来，揽着景云一起往前走。不管怎么说，能公开聊这件事，就表示已经过去了。景云骂了几天，气也消了，至于怨念什么的……她暂时也不想了。

她长叹一口气，瞥了一眼秦简的手机，再次叫了起来："你竟然真的跟岑亦湛报告这些事情啊？"

"那当然了，一次一百块钱呢！"

"有没有出息啊你？"

"人为财死，鸟为食亡！"秦简理直气壮地说，之后把手机给景云看，聊天记录里还真有一大堆转账信息。

但既然这么放心地让景云看，说明没什么见不得人的消息。景云看到那句"让她放心，我不会打扰她的"，又顿了一会儿。

她那天说过的话，岑亦湛当真不介意吗？还是应该道个歉才对的吧？正走着，小溪迎面跑了过来，见到景云便说："出大事了！岑亦湛爸爸的公司，就是格隆集团被证监会调查了！好像是因为几年前的工厂爆炸事件……"

上午九点，第一节课刚刚结束，景云跟秦简正准备去买饮料，就被一众女生拦住了。她们是真的在为他的走红做准备，而这样的新闻只会让岑亦湛的星途雪上加霜，小溪有些紧张地问："你跟他在同一个城市长大的，知不知道到底是怎么回事啊？"

景云何止知道，简直就是半个亲历者。一听到"工厂爆炸"四个字，她的表情就严肃起来，警觉地说："新闻呢？给我看看！"

小溪把手机递了过去，景云只看了一会儿就把手中的课本递给秦简，面无表情地说："东西你帮我放回宿舍，把岑亦湛的手机号码发给我。"看到景云的表情，秦简也知道事情非同小可，点了点头，说："你小心一点儿。"

第六章

当爱只有一点点

女生的青春期,总是被这些奇奇怪怪的事情左右着,像一道很复杂的几何题,要不断地证明再证明,证明自己很听话,证明自己很懂事,证明自己聪明,证明自己够优秀……然后某一天,忽然一下子,就得证明自己还有吸引力,最后连自己想要什么都忘记了。

1

　　宋涤尘的爸爸叫宋友来，是个朴实而较真的人。爆炸并没有让他受很严重的伤，伤害他的，是之后的事情。

　　他是主管，去世的那户人家没有拿到岑华胜许诺的慰问金，还以为是宋友来贪污了，就跑到宋涤尘家大闹一场。一个女人带着一个孩子跪在自家门口，无论是谁都受不了。为了安置他们，宋涤尘的爸爸到处奔走，找了一家电视台，直言不讳地交代了所有的情况，并一再声明，这次爆炸是可以避免的，是人祸，而不是什么事故。

　　问题在于，他根本就没有证据。

　　节目播出没几天，宋家就收到了法院的通知，格隆集团竟然以"诽谤罪"控告了他，要求赔偿经济损失二十万，以及公开道歉。

　　宋友来当然没有那么多钱，为了那个官司，他耗了整整大半年，连日常生活都难以维持，最后撑不下去了，干脆认了罪。二十万肯定是拿不出来，最后协议到了五万，还被拘役了半年。

　　所以不要问为什么景云第一次见到岑亦湛，就会有那么大的敌意。他爸爸以及整个岑家，对景云来说，就是心狠手辣的代名词，这根本不是什么诽谤不诽谤的问题，而是对一个兢兢业业十多年的员工赶尽杀绝的问题。

　　起初景云也觉得，他们是在维护自己的合法权益，即便是残酷了一些，却也没什么错。但现在，宋友来想要的那些证据都被放在网络上，机器检修结果报告、老板签字、内部文件、保险单……全都证明岑华胜早就知道这一切，但为了节约一点点成本，他选择什么都不做。

　　景云在地铁上重新翻动那些照片，脸色苍白地盯着手机，把秦简

发过来的那一串数字复制过去,发短信说:我是伊景云,我要见你。

岑亦湛很快就回复了:我去找你好了。

不用,我已经在路上了。

岑亦湛的学校在另一个区,一来一回,最快也要两个小时。据说他就住在学校附近一幢很贵的高层公寓里。岑亦湛在节目里好像说过,父母对他很好,是那种令人羡慕的家庭关系。但那一切都是建立在别人的血汗之上的。

景云想起宋涤尘的父母,想起在爆炸中失去生命的工人,以及一个失去双腿并被重度灼伤的工人……其实那并不是一条大新闻,但是在小城市里,依然牵扯着很多人的心。景云时常能遇到那个失去双腿的工人,他坐在一个自制的带有滑轮的木板上,在闹市区里唱歌乞讨。据说出事之后,他的老婆和孩子都走了,只剩下他一个人很勉强地活着。景云经常去那一带看电影、买书,每次遇到他都会沉默良久,然后把口袋里的零钱全都给他。

他们都那么辛苦,宋涤尘的父母也好,那个残疾人也好,而岑家依然耀武扬威地生活着,开着昂贵的汽车,住在大别墅里,穿着昂贵的衣服……

秦简平日里那些零零碎碎的唠叨在景云的脑海里一一划过,她咬着嘴唇,默默望着地铁玻璃上自己的影子。确认好地址之后,把手机装回口袋。出门时太匆忙了,手机电量剩得不多了,没办法上网查询,她只能在脑海里回忆着一点儿零星的证券法规:上市公司,信息披露违规是会遭到惩罚的。那些工人失去的双腿和时间是无法弥补了,但足够聪明的话,还是能获得一些补偿。

两个小时后她才走下地铁,岑亦湛的车就停在路边,景云拉开车门上去,岑亦湛似乎刚洗完澡,头发还未干透,湿漉漉的。

"系好安全带。"岑亦湛说。

"不用,我就问几个问题,问完就走。"

"你问不完的,心疼小尘那么多年,今天刚好可以一口气发泄了。"岑亦湛自嘲地扬了扬嘴角,兀自开动车子,说,"再说,这里也不是说话的地方,附近都是记者。"

那语气把景云彻底激怒了,道:"你还没红到那种地步吧?"

好不容易积累起的一点点好感,就这样消失殆尽了。再一次,他们成了敌人,景云毫无疑问地选择了她认为正义的一方,而岑亦湛……岑亦湛似乎没什么选择。

他牵了牵嘴角,说:"小姐,你恐怕忘了,你前一阵子才把我推到头条,我现在可是当红辣子鸡,更何况这次是经济新闻。"

他好像一点儿都不着急,依旧漫不经心地看着前方,嘴角挂着模棱两可的笑。景云瞪了他一会儿,才问:"你早就知道吗?"

"你觉得呢?"

"肯定知道的,对不对?"

"原来我在你心里是这种人啊?"岑亦湛瞥了她一眼,依然是那种讽刺的笑容,却闪过一丝苍凉。好像被景云误会,比家里出了状况还令人失望。景云闭上眼睛,也不想伤害他,可是,好像毫无办法。

等红灯的时候他转身从后排拿了一件外套丢在她身上,说:"盖上,俯身。"

景云皱了皱眉,然后看到马路对面的小区外面,围着一大堆人。即便隔着马路,景云都能看清他们手中的"长枪短炮",是记者。她咬了咬嘴唇,俯身抱住膝盖,用那件衣服把自己包裹得严严实实的。

岑亦湛的衣服格外大,除了她早就习惯的香水味,还有他的味道。

景云呆了一阵,才屏住呼吸。

  嘈杂声很快就包围了车子,景云只能感觉到车速渐缓,时走时停。岑亦湛从头到尾都没有发出声音,只是面无表情地轮番踩着刹车和离合、挂挡、掌握方向盘。进入小区后周围才安静了一阵子,他怕景云撞到,缓缓地将车驶入地下停车场。

  但那里依然有记者,岑亦湛望着电梯的方向,等着其他住户经过。幸好一个中年男人正在下车,岑亦湛拉开衣服一角,对景云说:"等一下我给你信号,你要非常快地跑过去,知道吗?"

  景云看到闪光灯在他脸上闪烁,点了点头。

  她小心翼翼地解开安全带,活动了一下膝盖和脚踝。岑亦湛赞许地垂了垂眼,之后说:"抓稳了!"

  车子快速地绕着停车场打了一个圈,整个停车场都响起了刺耳的声音。那个中年男人正在电梯前等待着,被突如其来的车辆吓得一抖,还没有反应过来,景云已经迅速打开车门进入了电梯,而岑亦湛依旧在开着车,电梯门即将关上的时候,景云按下了打开按钮,听到外面连续不断的追问和脚步声。在电梯再次即将合上的时候,岑亦湛才闪了进来,按下顶楼的按钮,深吸一口气。

  中年男人莫名其妙地看着他们,景云贴着电梯,不停地喘着气,岑亦湛则仰着头,一言不发地望着楼层提示数字。从头到尾,他们一句话也没有说,景云却能感觉到他的悲伤,好像,他也不知道该怎么办。

  一腔怒火就这样被消解了,电梯门打开的时候,景云早已忘记

自己是来干什么的。岑亦湛在前面带路,景云则默不作声地跟在后面。单独去岑亦湛家,似乎并不是什么好主意,但好在,房间里并不是只有他们两个人。

一个保姆模样的阿姨正在打扫卫生,见到景云,对她笑了笑,然后抱怨道:"怎么去那么久?"

"外面人太多了。"

"他们今天都不走了?"

"不知道,应该是。"

两个人聊天的状态很亲切,阿姨看岑亦湛的神态仿若看自己的孩子,她惊讶地问:"那你今天怎么办?要出门吗?不然我等下出去买点菜,帮你做好饭再走?"

"不用了,我最近几天都不在家。"岑亦湛打开冰箱,拿了一瓶矿泉水递给景云,自己也开了一瓶,目不斜视地望着景云,喝完水才对阿姨说,"最近几天家里没人,你不来也行。"

而那个阿姨好像对他的事情了如指掌,问:"你要不要回家看看?"

"不用,我妈说不用我管。"

直到此刻,他脸上才露出一些哀伤的神色,景云看了一眼就别开了头,默默打量着他的住处。房子很大,却很冷清,家具都很考究,装修也很有格调,像杂志上的样板间。可是房子里全然没有居住的痕迹,没有杂物,没有表达个人爱好的摆设或纪念品。落地窗外是湛蓝的天,城市忽然就变得遥远起来,带有空气净化功能的中央空调发出轻微的声音,景云这才注意到,这房间里连空气都跟外面不一样,像一个真空地带,离人间格外远。

他好像是一个很寂寞的人。

景云无比讶异地发现了这一点,顿时又怔住了。

"那我先走了,明天我会过来看看,你把要送去干洗的衣服收拾出来,我帮你送过去。"

"好。"

阿姨收拾好东西,再次冲景云笑了笑,这才拉开门离开。

房间里突然安静下来,岑亦湛还站在厨房旁边的吧台前,双手撑着大理石台面,无声地垂着头。

景云在脑海里思索良久,才问:"你是什么时候知道工厂爆炸的?"

"跟你们一样,看了电视才知道的。"岑亦湛转过头看了看她,眼神忽然就深沉起来。

他还记得在电视上看到的场景,地方台的晚间新闻,大约有一分钟的时长,夹杂在修路和诈骗电话的新闻之间,仿佛不是什么重要的事一般,在仓促间就结束了。

而客厅里,妈妈和保姆还在研究着怎么熬鸡汤,爸爸要晚一点才回来,小叔会来家里吃饭,外公即将迎来七十大寿,有个表姐要结婚,还有个姑姑离婚了。他们在市区的住宅装修得金碧辉煌,同城论坛上的人都管他们家叫暴发户,岑亦湛也习惯了,连他自己都觉得那幢房子是无药可救的土。

"那你是什么感觉?"

景云距离他有三四米远,却依然穷追不舍地问。她很想知道,这些为富不仁的家伙在给别人带来伤害的时候,究竟能不能吃下饭、睡得着。至少她知道,宋涤尘一家是吃不下饭也睡不着觉的,在生活完全崩塌的日子里,宋涤尘承担的是岑亦湛永远也不会明白的压力。

但是岑亦湛并没有回答这个问题,他只是站直了身体,望着景云说:"你指望听到什么回答呢?我很内疚?还是我恨自己的家人?我当时也不过是个初中生罢了,我爸爸说什么,我就会信什么,你以为我不震惊吗?我花了很长时间才接受这件事,然后去找他们,想看看他们过得怎么样……"

说到一半,他陡然顿住,景云也反应过来,耳边静了一阵子,才缓缓地说:"所以,你那时候之所以找我,其实是为了小尘?"

岑亦湛避开她的眼神,没有回答。

她真蠢!

景云突然在心里暗骂自己,宋涤尘不是说过吗?在见到景云后不久,岑亦湛就去找了宋涤尘,那个时候她就应该反应过来了,但那一天,她的注意力全都在宋涤尘身上,忽视了那句话。

好像有什么东西裂开了,其实没有多少人知道,景云的自信和骄傲,有很大一部分,是建立在岑亦湛身上。少女时代,她跟其他人一样常年怀疑自己,总觉得自己不够漂亮、不够优秀、不够成熟、不够理智。全市最引人注目的少年跟自己搭讪——只有经历过的人才会明白,在惶恐之外,又带来了怎样的荣耀。

女生的青春期,总是被这些奇奇怪怪的事情左右着,像一道很复杂的几何题,要不断地证明再证明,证明自己很听话,证明自己很懂事,证明自己聪明,证明自己够优秀……然后某一天,忽然一下子,就得证明自己还有吸引力,最后连自己想要什么都忘记了。

"那封情书呢?"景云听到自己问。

"别人写的,大概是想给我报仇什么的,几个很无聊的男孩子。"岑亦湛面无表情地说,"我还不至于写出一封全是错别字的情书。"

非常好。原来他对自己所有的感情都是假的。

而景云却当真了。

"可是你为什么去找我呢？为什么不直接去找他呢？"景云的拳头不知不觉就握紧了，矿泉水瓶子发出吱吱的声音，像尖叫一样。

"因为我不知道要跟他说什么。"岑亦湛长叹一口气，很疲倦地说，"你以为我跟我爸爸一样冷酷绝情，那也随便你。但事实上我那几年也没有好过多少，周围所有的同学都避开我讨论那些话题，所有人都知道我们家的工厂死了人。我不知道那是事故还是人为，后来听到我爸爸跟律师讲电话，才好奇那些人那几年过得怎么样，我一个一个去看望他们，你要问我有什么感受，我也说不上来，其他的人都好说，但小尘——你知不知道在那种时候，看到一个同龄人是什么感觉？你指望我怎么跟他打招呼呢？走过去说'你好，我叫岑亦湛，就是害你爸爸失业又坐牢的那个人的儿子'吗？"

说着说着，他忽然悲伤起来，绝望地望着景云，问："你不是很聪明吗？你倒是说说看我能做什么呢？我过着平静无聊的生活，突然某一天，被人当成一个唯利是图的人……早知道那样的话，我根本就不该去找你，我当时想着，你跟小尘关系比较好，也许应该先跟你聊聊，结果你……"

他说不下去了。

结果她就赶走了他，众目睽睽之下，充满敌意和警觉，像跟他有仇一般。

可是，那依然是岑亦湛心里，那十几年来的人生里，最有趣的事情之一。

他仰头看了看天花板，才疲倦地说："你回去吧，好好心疼你的小尘，反正他根本就不喜欢你！你可以继续活在你的假象里，过你高尚优越的生活，做你的扶贫大业，跟你完美无瑕的偶像撒娇，研究你的换日线……我希望你这辈子都不会被人误解,不然你就会知道什么叫百口莫辩。"

换日线?景云皱了皱眉,依然怒目瞪着他,但心里有什么东西不一样了。他是真的在意她,但此时此刻,他又选择刺痛她。他故意说这些难听的话,想要激怒她。而景云也的的确确被激怒了,她道:"你管他喜不喜欢我呢!他再不喜欢我,我也愿意为他付出一切,不像你,再怎么样,我都不会喜欢你!我诅咒你一辈子都追不到你喜欢的人!"

"我会缺女朋友?"

"反正追不到你最喜欢的那个!"

"最喜欢?你少自以为是了!"

"喜不喜欢你自己明白!"景云拉开房门,头也不回地跑了出去。

待她风一样从岑亦湛身旁擦过,岑亦湛才愣了一下:这是在干什么?

他们真是吵昏头了,他怎么能说出"反正他根本就不喜欢你"这种话来?

岑亦湛呆愣了半天,望着客厅里那个她放下的矿泉水瓶,紧接着就意识到什么,连忙追了上去,看到景云边擦着眼泪边等待电梯。他不由得叫了一句:"景云……"

"滚!"

她怨恨地瞪了他一眼,他去拉她的胳膊,她用力挣脱,结果电梯门刚好打开,她钻了进去,不客气地踢了他一脚——好在这次他长了教训,退后一步,眼睁睁地看着电梯门合上,像尘封的记忆一样缓缓合拢,最后定格在她缭乱的头发和泪盈盈的眼睛上。

那个眼神还真是……钻心地疼。

3

岑亦湛第一次见到景云,是一个晴天。暑假,搬家工人正忙着抬桌椅,宋涤尘和景云就在货车旁边,一人抱着一个纸箱,他听到景云问:"银行收回房子的话,还会给你们钱吗?"

"要看司法拍卖的价格是多少,如果不够的话,我们要继续还房贷,哪怕连房子都没有了。"宋涤尘一脸厌倦,好像根本不想讨论这个话题。

"怎么会这样?"景云瞪大了眼睛,她穿着简单的T恤和短裤,扎着一个马尾辫,刘海在两侧垂下来。

岑亦湛其实就站在货车的另一边,他们都没有注意到他,兀自聊着:"这样太不公平了吧?凭什么还要继续给银行还钱?"

"违约就是违约,还能有什么原因?当初让他们把房子卖掉,他们死活不肯卖,现在好了,想卖都来不及了。"

"但也不能怪他们吧?好不容易有套房子,我妈说卖掉了再付首付都不够,留着好歹有个住处。"

"结果呢?现在不是连住处都没有了吗?"

他们两个跟他一样大,但究竟在讨论什么,岑亦湛根本就没听明白。他是打听了很久才打听到那四户人家的消息的,按照损失轻重一个一个去看望,最后才找到宋家,可是他们却要搬家了。

岑亦湛有点儿疑惑地望着他们,同样的年纪,他们似乎什么都懂,他则截然相反。宋涤尘长了一张清俊的脸,看起来就是个懂事成熟的男孩,景云却跟一般的优等生不大一样,动作幅度很大,表情也很生动,讲话的声音像感冒了一样,有些沙哑,又带着很奇怪的童音。她看了宋涤尘一会儿就笑起来,说:"嘿!不怕,天无绝人之路!"

小区附近有个小商店,景云跑去买了两罐可乐回来,晃了半天,才拉开易拉罐,可乐瞬间喷了宋涤尘一身,宋涤尘揪着她的耳朵就叫起来:"又调皮!"

"好玩呀!"景云笑嘻嘻地说,然后把手中那罐未打开的可乐递给他,两个人站在路边休息,日光在他们身上留下细碎的斑点,一阵微风经过,连空气中都是甜丝丝的可乐气味。岑亦湛遥遥地看着,好像第一次发现,自己是个挺孤单的人。

他听到景云问:"你爸妈又问你叔叔借了多少钱?"

"一万多块钱,我小叔也没什么钱。"宋涤尘道。

岑亦湛皱了皱眉,不太相信自己的耳朵。他对金钱一点儿概念都没有,但还是被这个数字吓到了,怎么会有人为了一万块钱而局促到这种地步?如果没记错的话,他妈妈一条连衣裙都不止一万块。

想来想去他还是离开了,那一天实在不是聊天的好时候,何况他身上也没带钱。他计划重新找个机会去跟他们聊聊的,宋涤尘不见得会搭理他,但那个女孩子……

四年之后,好像应该称之为"最喜欢的女孩子"。

但其实一开始,也没那么喜欢她的。

在景云那里遭遇滑铁卢之后,他就直接去找了宋涤尘,那时候他还有点儿傻,直接提议可以给他一点儿钱。宋涤尘侧头看了他半天,才困惑地问:"你为什么跑来找我?那件事又跟你没什么关系。"

"我之前听到我爸爸跟别人在电话里说起那次爆炸,他好像一开始就知道。"岑亦湛干巴巴地说。

那一年,他还是个不怎么擅长跟别人打交道的人,想了半天也不知道该怎么直视宋涤尘的眼睛。他甚至都说不清那个电话是不是一种错觉,他在早晨下楼时听到爸爸的声音:"那就赶紧修,别像

前几年一样又耽误时间,冬天是供货旺季,万一再出点儿什么事,我找谁说理去?"

岑亦湛惊讶地望着他,三户人家都被毁了,他却担心进度问题。

爸爸根本没注意到他的存在,依然背对着他打电话,岑亦湛就站在楼梯间看着他的背影,听到他粗鲁地说:"律师说了,那不算违规!但这回保险公司肯定不给我报了,你得给我看好了!"

说到一半,他才发现岑亦湛就在身后,呆了呆,又冲他笑了笑,走到另一个房间继续讲电话。

如果说原本还不确定的话,岑华胜的那个眼神让岑亦湛确定了,他是知道的。

而宋涤尘听完后只是皱眉问:"你有证据吗?"

"我可以帮你找找。"岑亦湛说。

宋涤尘惊讶地望着他,好像有一大堆话想说,但最后只是点了点头。

暮色中的马路边,两个人道别,岑亦湛既没有问起景云,也没有想起她,那个时候,他只是想做点什么事罢了,连赎罪都谈不上,就是觉得能让宋涤尘那样的男孩过得好一点的话,是件很值得的事。

结果却因为这个,他被送到了美国。

为了搜寻所谓的证据,他傻到了去翻爸爸的保险箱,又跑去跟自家的律师打听,怎样的东西才算证据。律师自然是讶异的,不久后就告诉了他的爸爸,于是某天,他就被叫到办公室里。岑华胜用他那双精明的眼睛望着他,问:"你最近在忙什么?"

"没什么。"岑亦湛不是很愿意跟他讲话,倒不是因为别的,单纯是因为父子俩不够亲密罢了。在他的印象里,爸爸总是在忙工作,家里全靠妈妈来维持的。

"许律师说你去找过他,你想干什么?"

岑亦湛怔了怔,才问:"你当初为什么告宋友来?"

他没有回答,只是盯着他看了很久,才说:"我在考虑送你去美国念书,你叔叔那里刚好有个交换生项目,我替你准备好文件了。"

岑亦湛睁大了眼睛,说到残酷,其实又有谁会比他更懂岑华胜的残酷?他怔怔地说:"我不想去。"

他却只是回答:"由不得你。"

在美国的日子,岑亦湛从来没有跟任何人提起过,他在伊利诺伊州,一个离芝加哥很远的地方,寄宿在一个五口之家,那幢房子很破,旧的工业重镇,经济萧条,四周犯罪率又高,岑亦湛一度战战兢兢,连门也不敢出。替他搞定手续的叔叔原本就是做留学中介的,完全可以选一个好一点儿的地方或者寄宿家庭,但他们把他送到了那里,让他吃苦,想让他长教训,就因为他试图去做点什么。

那时候他连英文都不怎么会,完全没法跟其他人交流,最孤苦的时候,忽然想起第二次见到景云的时候,他特意在放学的时候等着他们。那一天他们三个人都在:宋涤尘、景云、沈沐怡。两个女生叽叽喳喳地聊着天,宋涤尘在一旁无奈地听着,偶尔才回应一下。

"你说跨年时如果刚好在格林尼治旁边的话,一来一回,是不是就算跨了两次年?"

格林尼治?那是什么?

"子午线好像并不是一条线吧?据说是个天文台。"

"那干吗叫线?"

"是一条线,不过不是那么窄的线。"宋涤尘总算发话了,"问题是按照比例在地球上画一条线,也够普通人走三天的了,所以根本不能一口气跨两个年。"

"可以坐飞机!"景云想了一会儿就兴奋地说,"将来我一定要挑一个特别的日子专门坐一趟横跨换日线的飞机!"

"无不无聊啊你?"沈沐怡简直是震惊,宋涤尘则见怪不怪的样子,转过头望了她一眼,然后笑了。

他们两个很少对视,但是在不为人知的时候,宋涤尘会看她一眼,她也会偷偷地看他。整条马路上都是他们三个人的声音,岑亦湛觉得很不可思议,他们怎么会……那么开心呢?

树影在他们的校服上留下浅绿的碎片,阳光洁白得耀眼。

十七岁之前,岑亦湛都被保护得太好了,每天专车接送,有几个平时可以一起打篮球的朋友,但也算不上是知己。学校里的人都有些疏远他,偶尔跟他说话的,其实也不外是一些跟他一样家境不错的生意人的孩子。倒是有女生大着胆子在网上讨论他,不过到头来,他也不知道那些留言是谁写的。

他人生的绝大多数时光都是在那大得荒唐的房子里打游戏、看篮球比赛、吃饭、睡觉,宛如失去时针和分针的秒针,就那么毫无意义地转动着。结果到了十七岁,生活忽然以一种具象的形式排山倒海而来,他开始学习坐公交车、学习怎么跟人相处、学习怎么像个普通人。有好几次他妈妈在电话里哭,他也不敢让她知道自己过得不好,就假装过得还不错。

有一天,他觉得自己实在忍不下去了,就一个人跑去了芝加哥,想买张机票回国,结果在公交车上却听到有人聊起换日线。那是两个华人游客,在计算时差的时候说:"以格林尼治为标准,从西向东减一天，从东向西则加一天。"

换日线？他忽然想起，有一个想要在换日线上跨年两次的女生。

但是为什么会有换日线？

鬼使神差，下车后岑亦湛就跑去了芝加哥图书馆。那里一度是世界上最大的图书馆，藏书很多，包括中文读物。他找了半天，才找到几本地理类读物，看起了那些他曾经根本就不感兴趣的内容。

苦闷的时候他会想起搬家的那个下午，想起景云，想起宋涤尘，想着如果自己足够好的话，也许哪一天，等回国了，就可以跟他们一起聊聊天，告诉他们，其实他过着的日子，并非别人以为的那样。

但好像无论怎么解释，在旁人心里，他都是个一叶障目、狂妄自大的人。想起景云的质疑，他还是愤怒不已。

洗完澡出来，岑亦湛才看到秦简的微信，她发了一个震惊的表情，问：你到底怎么她了？

想了半天，岑亦湛还是不知道怎么回复，他换上衣服出门，驱车到达宋涤尘的学校，把一张卡片递给他道："你看到新闻了？现在你可以跟你爸爸一起提起诉讼了，网上的证据我看不大明白，但你肯定能看懂。这个律师是许律师的对头，多年来一直想扳倒他，你可以先给他打个电话，他应该能给你不少有用的建议。"

宋涤尘接过名片看了一眼，那是一张有些泛黄的卡片，设计朴素而简单，显然是放了很多年，边缘都起了毛边。他依然用那种困惑的语气问："你何必理会这些事情呢？我不是早就说过了吗？你父母是你父母，你是你，你不用掺和进去。"

"你要不要试着去当明星？"岑亦湛开玩笑一样地说，"只要你试过就知道什么叫无力感，以及被欺压的滋味。当然，我肯定没你辛苦，不过我还是成熟了一点。"

宋涤尘望了他一会儿,才笑了笑,问:"景云还好吗?"

岑亦湛没有回答,只是望着车窗外,那里有一棵很奇怪的树,比别的树都小,像个发育不良的孤儿一样矗立在那里。他还记得在那棵树下看到景云时的场景,一脸彷徨,完全不像平时自信又生动的样子,迷人极了。

也可能那才是她最真实的样子。

如果此刻景云站在这里的话,肯定会更惊讶的吧?岑亦湛何止不会"欺负"宋涤尘,实际上他们两个的关系比她以为的要好得多,就连景云会被分手,他都知道得比她早。

他还记得到达北京后,他第一时间去找宋涤尘,宋涤尘的消息到处都是,全省前三,真是了不起!岑亦湛再次提出要资助他,也知道他不会收他的钱,便道:"北京的开销很大,相信我,有点儿钱你会稍微快乐一点,更何况你还要跟景云……"

"景云?"宋涤尘的眼睛一下子就眯了起来。

岑亦湛顿了一下,自己也有些意外,怎么就那么容易脱口而出那个名字来。

"我们什么都不是。"宋涤尘踢着石子,低声道,"恋爱什么的,我很认真地想过了,其实并不太适合我,景云还是不成熟,她一时半会儿不会明白的。"

岑亦湛有点恍惚,问道:"她知道吗?"

"还不知道。"

得想办法转移她的注意力才行。岑亦湛想。

然后，就在被问到为什么参赛的时候，他说出了"追女生"那样的答案，脑子里在一瞬间闪过她的脸。

然后，好像如今，就真的非常喜欢她了。

喜欢她嘴硬的样子和见到他时骤然亮起的眼神，像忽然悬起的灯，照亮了他百无聊赖的人生。

岑亦湛收回思绪，用下巴指了指那种卡片说："我爸现在正在被证监会调查，肯定经不起一起官司，你们现在提起诉讼，他应该会想办法和解，到时候想办法弄点钱，你家的生活会好过很多，这比什么都强。"

说到底，还是希望能给他一点钱，因为除此之外，他实在想不到还能帮到他什么了。

"我会的。"宋涤尘凝视了他一阵，才道，"你自己也加油。"

回去的路上，岑亦湛又特意绕到了景云的学校，叫了秦简出来，问："她怎么样了？"

"一整天都没说话！"秦简正准备去外面买夜宵，照例又是乱糟糟的样子，拿着饭盒和勺子，头发胡乱地绑在脑后，穿着拖鞋，戴着那副有些滑稽的圆框眼镜。岑亦湛上上下下地打量了她半天，始终都没法把面前的这个人，跟品牌活动上那个妖艳的女人联系在一起。她问："你们吵架了？"

岑亦湛疲倦地伏在方向盘上，轻轻"嗯"了一声。

"那你死定了！景云这次肯定是真的生气了，认识她以来，我还是第一次看到她这么沉默的状态。"秦简完全就是幸灾乐祸的样子，当当当地敲着饭盒。

岑亦湛叹了口气，才转过头问她："那我怎么办？"

谁知道秦简就跟见鬼一样跳了起来，退后一步："你不要用那

种眼神看着我！这样我们连朋友都做不下去的！除了伊景云，你最好不要用那种眼神看任何人！你就是个祸害！"

"啊？"岑亦湛莫名其妙。两个人在学校的一个小门外，有路过的女生忽然叫了一声："那是不是岑亦湛的车子？"

岑亦湛连忙坐起来，隔着车窗对秦简道："我得走了。"

"没问题！"秦简豪爽地答应，旋即又忽然想起什么，眼睛一亮，问，"你要不要来我们学校听公开课啊？"

"什么？"岑亦湛呆了一下。

"经济学大佬的！好像要提前报名，不过我应该有办法！"秦简眨着眼睛，好像越来越觉得这个提议很有用似的，忽然就兴奋起来，道，"就这么说定了！我回头把资料发给你！"

"但是……"岑亦湛无奈地看着她，"经济学……"

"不用担心听不听得懂！我有一半的课程都完全听不懂，还不是照样每天在教室里装模作样？"秦简哈哈大笑起来，然后说，"你就不好奇景云上课时的样子吗？那才是真正的她啊！"

岑亦湛想了一会儿，不说还好，一说，倒是真的好奇起来了。

"就这么说定啦！"秦简狂笑着离开，走了一会儿，又停下来大笑起来。

"妈妈！"好不容易接通电话，景云一听到妈妈的声音就哽咽起来，其实离家以来，两个人几乎每天都发微信联系，但打电话是第一次。景云知道晚上是妈妈最忙碌的时候，又要批改作业，又要回答家长群的问题，但她就是忍不住，想要听听她的声音。

"你这是怎么了?"

"就是想你了。"

妈妈在电话那头笑了起来,景云想象着她坐在桌子前,开着免提,边批改作业边讲电话的样子。妈妈道:"这才几天啊?就开始想家了?小尘还好吗?"

"应该还好吧……"

"对了,我听我们班上的同学说岑家的儿子在骚扰你?是怎么回事儿啊?你可千万别跟那样的男生混在一起,有什么事就找小尘商量。"

"什么样的男生啊?妈妈,你怎么也会听信那些谣言?你都不认识他。"

"还不是你跟我说的,高中时你不是很讨厌他吗?"

景云顿了顿,便没再说话了。她想起"情书事件"之后,父母都如临大敌,干脆每天开车送她上学放学。岑家的名声实在太差了,岑华胜是个一毛不拔的铁公鸡,身家过亿,却会因为一个打火机跟小贩讨价还价,岑亦湛的两个叔叔,一个因酒驾撞坏过电线杆,一个则拖欠员工的薪水。至于岑亦湛……

仔细想想,除了骚扰过景云之外,好像并没有不好的传闻,但为什么景云如此笃定他是个坏人?

附近忽然有人哼着歌经过,景云定了定神,才赫然抬起头来。

是沈沐怡。

在她第一次见到岑亦湛的时候就跟景云讲过,见到他,要躲远一点儿。

那是在步行街上,岑亦湛家的车子就停在路口,而他则站在熙熙攘攘的人群中,一动不动地盯着地面。

回忆那一刻,景云的耳旁才响起嘈杂而凌乱的音乐音,是那个在爆炸中失去双腿、靠卖艺乞讨的工人。

"起初不经意的你,和少年不经事的我,红尘中的情缘只因那生命匆匆不语的胶着,想是人世间的错……"

罗大佑的《滚滚红尘》,因为易祺坤在节目里的翻唱,突然就成了学校里的热门歌曲,走到哪里都有人哼哼着。

然而,在步行街见到岑亦湛的那一天,那个乞丐唱的也是这首歌。乞丐的声音嘶哑沧桑,透过劣质话筒和音箱的放大,一度成为扰民的噪音。只是人们都知道他的遭遇,不忍跟他计较。而岑亦湛就站在他旁边,戴着帽子,一动不动地望着他。

原来他并没有撒谎,岑亦湛的的确确去看望了那几个人。

"来易来,去难去,数十载的人世游;分易分,聚难聚,爱与恨的千古愁……"

景云闭上眼睛,深吸了一口气。宛若坠落般的失重感,让她茫然无措起来。

妈妈还在电话里叮嘱着:"天就要凉了,你跟小尘都要注意身体,需要什么衣服就跟我说,我给你快递过去……对了,小尘胃不好,你记得让他好好吃饭……"

"妈妈!"景云忍不住打断她,一字一顿地说,"小尘不喜欢我。"

妈妈在电话那头静默了半天,有些困惑地问:"你们吵架了吗?"

"没有,他就是不喜欢我而已。"景云用力地握紧了手机,竭力平静地解释说,"我们两个都说清楚了,小尘有他自己的想法,你也不要打电话去问他,你一问,就轮到我尴尬了……"

景云还是坐在宿舍后面的那块空地上,揪着裤子上的毛球,就像那一年,宋涤尘不停地揪着桌子上的毛刺一样,手里一定得做点什么，才能让自己不必颤抖。她望着宿舍楼之间的一角天空，灯光太亮，所以连星星也看不到，浓墨一样绝望。

"可是……"妈妈依然很困惑的样子。

"你别担心，我跟小尘还是好朋友，有时候也一起吃饭什么的。"

"那岑家的那个孩子呢？"

"跟他有什么关系啊？我跟他又不熟，他爱追就追咯！不爱追拉倒！"提到这个人，景云越发黯然了，忽然就泄气地说，"我不跟你聊了，我要回宿舍了！"

"好……"妈妈还是很茫然的样子，景云挂了电话，才回到宿舍。秦简出去买夜宵了，趁她不在，景云连忙爬到铺位上看书。

但一本书看了半天，视线还是停留在第一行。景云泄气地把书丢到一边，戴上眼罩和耳塞，翻身对着墙壁，一遍遍地回忆着那天跟岑亦湛吵架的内容。

手指在墙壁上无声地滑动着，一闭上眼睛，就是他气恼的表情。他生气时会抿紧嘴唇，原本就清晰的下颌线变得越发锋利。他的粉丝们都很喜欢岑亦湛的眉眼，景云却喜欢他的下巴，微妙地处在男人和男孩之间，在微笑和生气的时候忽然就变得孩子气起来，不再是高冷邪魅的新星，而是一个可以接近的真实的男生。

好像是有一点点……喜欢他的。想明白这件事之后，景云便又咬了咬嘴唇，拉起毯子蒙住自己的脸，有点儿惆怅，也有点儿难过，最后则变成来自灵魂深处的自我怀疑：真的只有一点点？

"好烦啊！"景云把头埋进枕头里，小声嘟囔。

而秦简正好推门进来，听到后，诡异地笑了一下。

第七章

云捎来心动的信号

风一阵阵地吹过树梢,即便不抬头,她也能想象到天空中的风起云涌。而脑海里塞满了嘈杂而凌乱的声音,心里却是空旷的,仿若峡谷一般,回声不断地蔓延着。

她空前地想念他。

1

就是在这期间,景云等了许久的公开课终于敲定了日期。罗教授已经六十多岁了,早已过了退休的年纪,不常出现在学校里,所以每一次露面,都格外珍贵。

景云很早就报了名,毕竟罗教授的公开课一向座无虚席,除了本校的学生外,还会有外校的学生特意跑过来听。整个学校都严阵以待,为这次公开课做准备。景云义务当了志愿者,忙起来之后,就短暂地忘记娱乐圈或者岑亦湛了。

到了那一天,她一大早就跟舒静跑去占座,笔记本、录音笔、充电宝……宛若要经历一场旅途似的,谁知道却在开课前收到了秦简的微信,她高呼着:你做好心理准备!岑亦湛来了!

他来干什么?

他也要去听公开课!

景云这才呆住,回头看了看阶梯教室,六百个人的座位早已快坐满了,助教正在准备着多媒体设备,景云踌躇着,唯恐会引起什么骚动,一方面不想因岑亦湛而起,一方面又担心错失这次机会,下次不知道要等到何年何月。

舒静疑惑地问:"怎么了?"

"没什么。"

斟酌再三,景云还是开始收拾东西准备离开。谁知道她刚站起来,就听到走廊上一阵喧嚣,岑亦湛在一众女生的簇拥之下走了进来,景云坐在最前排的位置,岑亦湛的目光环视了教室一圈,就落在她身上。

其实也才不久没见而已,他却好像又变样了,头发长长了一些,垂在眉毛上方,顿时就没那么邪气了,像个乖巧的少年。他穿着一

件轻薄的夹克，戴着棒球帽，遥遥地冲景云点了点头，就在最后一排的位置坐了下来。

秦简和小溪分别冲景云做了个鬼脸，一左一右地把岑亦湛夹在中间。景云万分恼怒，同时有点儿委屈，只好朝她们翻了个白眼，才坐下来拿起手机。

学校怎么会放他进来？

景云发了消息给秦简，她依稀记得教学区是禁止外人进入的。

没办法，罗教授这次的公开课是对外的，所有人都可以来旁听，好多媒体都来了呢！

看到"媒体"两个字，景云不禁倒吸一口气。她害怕因岑亦湛的出现，让这场公开课变成闹剧。

但实际上她多虑了，前来采访的媒体都是正儿八经的经济专刊，根本没注意到角落里出现的那个刚有一些名气的娱乐圈新人。

反倒是罗教授，刚走进教室就愣了一下，说："怎么会这么多人？"

一个助教连忙解释说："有个明星来听课了。"

"不错，明星也对经济学感兴趣是好事情，我国的经济学教育普及不够，对很多人来说，经济学又复杂又高深，这是不对的，毕竟经济学关系着每个人的方方面面……"

景云提前搜过，知道罗教授身体不大好，但外表一点儿都看不出来，他保养得不错，一头浓发，特意染黑了，穿着休闲裤西装，精神饱满而睿智，正是学者该有的样子。景云只在公开课开始前回了一次头，看到岑亦湛双手合十地抵着下巴，好奇而专注地盯着讲台。

而教室里早已塞得满满当当，连座位和座位之间的空隙都站满了人，或是坐在台阶上，或是站在最后面，氛围肃穆而庄重。

罗教授一开始讲课，景云就彻底忘记岑亦湛的存在了。名师终究是名师，景云生怕错过一个字，开着录音笔，不停地在笔记本上记下重点内容。四十分钟的公开课，不经意间就解开了她开学迄今所有的疑惑，无论是基础建设还是货币政策，最后话锋一转，就绕到贫困研究上去了，穿针引线，以点带面。

下课后班主任才翩翩出现，领着景云和舒静上前介绍："罗教授，这是我跟您提起过的学生。"

罗教授凝神望了望两个女生，似乎很满意的样子，笑着问："你们想参加扶贫？"

"嗯！"景云激动地点了点头，她害怕自己说错什么话，不得不紧紧地抱着怀里的书和笔记本。

罗教授像长辈般怜爱地说："很辛苦的，你知不知道？"

"我不怕。"

"可是你一个女孩子……"

"跟女孩子有什么关系？"景云据理力争，望着他说，"女孩子比较细心，不是更能发现问题吗？"

罗教授和班主任交换了一个眼神，都笑了起来，之后罗教授才递过来一张卡片，道："这是我的邮箱，你可以把你的想法发过来，之后有合适的项目我会找你。"

"谢谢您！"景云恭恭敬敬地接过那张卡片，看了一眼，就知道是学生专用邮箱，顿时又激动起来，因为这意味着他把她当成自己的学生了。而成为罗教授的学生，是许多人梦寐以求的事情。

景云既不知道岑亦湛是什么时候离开的，也不知道他去了哪里。

中午下课后她准备去食堂吃饭,才发现秦简就在她最常去的食堂门口等着她,一见到她就拉着她的胳膊往前走。

景云当然明白她要干什么,说:"我不去!"

"你必须得去!"秦简一脸严肃地说,"不是关于岑亦湛的,而是关于易祺坤的,采嘉学姐让你去的!"

"啊?阿坤怎么了?"

"到了你就知道了!"她不由分说地拉着景云,穿过偌大的校园,朝西门走去。

学校的西门外有一间咖啡馆,叫奥地利俱乐部,据说是本校一个毕业多年的学生开的,外面看起来其貌不扬,消费却不低。那里常年被学校的教授和经济学领域的其他专家占据着,导致学生都不怎么去。"奥地利"不是指地名,而是一个冷僻的经济学流派。那间咖啡馆的外表跟那个流派一样冷清,正门是一扇陈旧的木门,拉开门才有铃铛响一下。但实际上那家店面积很大,相比咖啡馆,更像是图书馆,到处都塞满学术专著,桌椅也极其有品位,是店主从世界各地搜罗来的。一个黑胶唱片正放着爵士乐,黄铜的风扇在空中吱吱呀呀地转动,显得非常陈旧。

岑亦湛和方采嘉坐在最里面的位置,训练有素的服务生穿梭其中,让那里看起来像个高级餐厅一样。

"你总算来了!"小溪轻叫了一声,立即把旁边的位置让了出来,景云几乎是被秦简按着坐在了岑亦湛旁边,一坐下,景云就气鼓鼓地"哼"了一声,好在根本就没有人留意到。

"我们正在讨论阿坤以后怎么办呢!"小溪边整理着桌面的本子边道,"阿坤就要进入决赛了,虎仔的意思是,要全力支持他夺冠才行!"

"怎么支持？"景云根本不看旁边，只是望着方采嘉。

方采嘉把面前的 MP3 推了过来，道："阿坤以前写过几首曲子，都是他自己弄着玩的，岑亦湛找了专门的音乐人重新编了曲，这是小样，你快听一下，哪个版本比较好？"

景云取过 MP3，就听到岑亦湛在旁边问："你要吃什么吗？"

"啊对！你还没吃饭呢！我去帮你拿菜单！"小溪连忙跑到吧台处，景云没好气地说："我不饿！"

其实早就快饿昏了。

咖啡馆的沙发非常舒服，她深陷其中，戴上耳机，只听了一小会儿就惊喜地抬起头来，问："这是什么？"

"管风琴。"岑亦湛说。

他撑着下巴，侧头望着她，忍不住地笑。其实刚进门的时候还担心她会不会发火，心里琢磨着要怎么道歉，结果谁知道她的怒气根本撑不了五分钟，耳机戴上没多久，就一脸欢喜了。

"你怎么找得到管风琴？"景云转过头去，瞪大了眼睛，四目相对，他垂了垂眼，笑了笑，景云便连忙移开了目光，听到方采嘉说："他去找了个专业的音乐制作人，对方觉得这首曲子很适合用古典音乐打底，不过选秀节目的话，这种风格可能就太奇怪了，所以又做了一个摇滚的版本！"

景云再次戴上耳机，耳朵里传来悠扬的声音，管风琴是种太冷门的乐器，只有唱诗班才用，于是曲子听起来就有种很熟悉的感觉。但凡好的音乐，似乎都会让人觉得在哪里听过。景云不懂作曲，在没有歌声的情况下，也判断不出好不好，只是觉得缺乏能让人震撼的东西罢了，好像必须要让听众耳目一新，才能印象深刻。

旋即她又切换了另一个版本，这次一上来就是架子鼓，躁动，

但是热闹。鼓最大的优势就是能带来节奏感,让人迅速地振奋起来。

秦简就站在景云身后,拿着菜单跟岑亦湛商量着什么,岑亦湛侧着身子跟秦简讲话,景云只要一垂眼,就能看到他搭在桌上的手,那是修长而干净的手指,指甲修得整整齐齐,沿着指头勾勒出一个个平缓的弧度。他自己弄的吗?

不对,想什么呢?鼓声让她血液的流速加快了一些,景云摘下耳机,听到秦简在身后说:"我就想吃最贵的,难得有人买单!谁知道竟然吃不到!"

岑亦湛无奈地说:"下次好了。"

奥地利的菜单上有一道知名的炭烤小羊排,价格比其他的菜品多了两个零,非常瞩目。

小溪已经率先笑了起来,道:"那个羊排要提前一个星期预约,因为羊肉都是从内蒙古运过来的!"

"真的假的?看不出来,我们学校的教授这么有钱啊?"秦简大吃一惊。

"不是那样的,师兄在内蒙古有个牧场,好像学校里好几个老师都有股份,所以老师的价格是有折扣的。"

"师兄"就是指奥地利俱乐部老板,到了景云她们这一届,已经没人记得他的名字了,一律尊称为师兄。

两个人就那么一来一回地瞎聊着,只有方采嘉期待地望着景云,问:"你喜欢哪个版本?"

"有管风琴的那个。"

"好巧!他也是!"秦简哈哈大笑着指着岑亦湛,方采嘉斜睨了景云和岑亦湛一眼,才道:"我也很喜欢啊!"

"但是古典乐很难调动气氛欸!决赛是直播投票,如果不能当场让观众兴奋起来,那再好听也没用的。"小溪侃侃而谈,"我调查过了,观众比较喜欢易祺坤唱快歌时的样子,因为他一旦自己唱得开心了,常常会有让人意外的发挥。"

"两首不能结合一下吗?"景云问。

"不行,节奏完全不一样,如果时间足够长还可以变奏,但决赛表演时间只有三分钟。"岑亦湛解释说。

"换一种鼓呢?"景云还是不看他,而是望着方采嘉说,"不要用架子鼓,用别的鼓,反正古典乐版只需要找个东西提起节奏不就行了吗?"

"啊!"秦简忽然叫了起来,"非洲鼓!其他乐器可以用人声代替,网上不是很流行那种街头即兴快闪吗?就是一个人在弹琴,其他人忽然开始合唱……我记得有个视频,我给你们找找!"

瞬间景云和方采嘉的眼睛都亮了一下,秦简翻着手机,之后跑到方采嘉身边,跟小溪、方采嘉三个人一起观看着。景云无奈地望着她们,听到岑亦湛低声问:"你还好吗?"

"好得不得了!"景云翻了个白眼,没好气地说,"毕竟我生活高尚又优越,今天又参加了我的扶贫大业!我完美无瑕的偶像也允许我撒娇!"

岑亦湛笑了,知道她是不生气了,却还是道:"我投降,认罚!"

"投降干什么?反正你又不缺女朋友!"

"没办法,当事人都亲自指定是'最喜欢'了,待遇上还是有区别的。"岑亦湛的声音里有藏不住的笑意,景云则瞬间脸颊发烫,吵架的时候还真是什么无耻的话都说得出来啊,她到底是哪来的底气讲出那句话的?

岑亦湛忽然拉住她的手,放在他的掌心,抚摸着她的手指,景

云一动不动,却能清楚地听到自己的心跳声,怦、怦、怦,像刚才的鼓一样。而古老的管风琴的声音还在耳旁流窜着,她能感觉到他又靠近了一些,探身在她耳旁小声说:"我要去一趟节目录制地,决赛结束就回来了,到时候再来找你。"

"哦。"紧张的时候,景云就只剩下这个反应了。她还是僵着脖子,倔强地盯着正前方,虽然也是睁大了眼睛,但跟上课时还是有区别的。

岑亦湛庆幸他听了秦简的意见,见过了景云上课时的样子,她听课时是很认真的,目光晶亮,一脸庄严,时不时在本子上记录,遇到困惑的地方会微微皱眉,眨眼的频率比平常快一点。

岑亦湛就坐在她的右后方,隔着几百个人,却还是能觉察到她的一举一动,也明白了,那些神采飞扬的骄傲和自信到底是怎么来的。

如果早一点儿认识她就好了,但现在也不晚。

岑亦湛忍不住把她毛茸茸的碎发抚在耳后,景云瞬间像触电一样,僵了一下。岑亦湛笑了笑,凑过去,在她耳边说:"果然还是……最喜欢你了。"

景云手心发软,大脑里一瞬间什么都没有了,除了硬撑着坐在那里之外,也不知道该有什么反应。

秦简她们则装作什么都没看到,纷纷站起来道:"啊!说起来,我还得去跟学校申请一下多媒体厅!"

"我也得准备一下决赛当天的网络宣传才行!"

只有方采嘉连借口都懒得找,冲景云笑笑,就站起来走开了。

景云瞪大了眼睛,望着几个人离去,完全是求救式地看着秦简,秦简却笑嘻嘻地不理她。完了,刚才还想着她们点了餐之后蹭点东西吃,这下子好了,彻底没东西吃了……

还好岑亦湛很了解的样子,拿过菜单问:"饿吗?"

这回景云诚实了，奄奄一息地说："饿……"

喜欢他。景云第一次如此确定。

她能感觉到心跳加快，手心出汗，身体发软，精神恍惚……虽然也分不清，这些状况有多少是饥饿带来的，又有多少是爱情带来的。

在奥地利俱乐部，景云就那么狼吞虎咽地吃着饭，连形象也顾不得了。反正本来也没什么形象，上了一上午课的大学生，还能直立行走已经很了不起了。而岑亦湛就倚着墙壁看着她吃，她也不回头，但似乎还是有什么东西悄悄地变了，能感觉到她不再对他充满敌意了。

整个中午，奥地利的门就那样开了又关，关了又开，客人进进出出，只有景云和岑亦湛始终坐在那里，掐指一算，快一个小时了。一旁几个政法学院的老师都走了，岑亦湛才再次问："答应我，做我的女朋友。"

"不要，我是个言而有信的人，说了你追不到，就是追不到！"

其实她还是怕，毕竟是前不久才失恋的人，对恋爱依旧一无所知，唯恐一颗心捧了出去，又被人摔碎了。现在这样也挺好的，心底悄悄地放着一个人，能偶尔见面，听到彼此的消息。

岑亦湛讽刺地说："言而有信也不是这么用的吧？"

吃饱了饭，景云又嚣张起来，把面前的盘子一推，满足地长叹一声，鼓足勇气看了看岑亦湛。他始终笑吟吟地望着她，眼睫毛搭在一起，两只眼睛宛若盛着水银。

真好看！景云故意说："你可以去找你'其他女朋友'。"

岑亦湛也很配合她，道："好的，这就去找。"

他伸手,叫来服务员买单。

"记得别被记者拍到了!"

"你放心,我一定藏得好好的。"

"也别留下什么聊天记录啦、视频啦、音频啦之类的黑历史,不然你的粉丝将来跟人吵架都吵不过。"

"你怎么经验这么丰富?不如你来当我经纪人好了。"

"那不行,我堂堂一个社会栋梁,将来是要做大事的!"

无论何时,跟岑亦湛斗嘴,好像都是一件特别有趣的事。景云玩得正开心,却有一行人从楼上下来,景云一看,是统计学的老师,连忙过去打招呼,老师道:"刚好你在这儿,你前几天交上来的那个图表有点儿问题,你现在有空吗?"

"有。"景云回头看了看岑亦湛,岑亦湛冲她抬了抬下巴,让她放心去。她无奈地跟着老师离开,岑亦湛则默不作声地望着她,同时竖起手指。

五、四、三……数到二的时候,景云回过头来望着他,一脸歉疚,却看到他心满意足的笑容,仿佛洞悉了什么秘密一样,非常得意。目光移到了他的手指上,景云才反应过来什么,恼怒地一跺脚,并冲岑亦湛挥了挥拳头。结果推门出去后,脸还是红了。

非常甜蜜又快乐的感觉,好像就是她在期待着的恋爱的感觉。

无论如何,一群人以自己的方式,去对抗整个娱乐圈,都是件欢欣鼓舞的事。选秀节目的意义就在于让观众自己决定喜欢的艺人,而不是反过来。不管赛制合不合理、评委生不生气、参赛选手背后有没有一个娱乐公司撑着,大家都在用自己的方式尽一份力,试图让一个有才华的年轻人在这个时代发出微弱的光。这分明是节目组该做的,结果他们却背弃了,靠营销、热搜、不平等的合同,让原本就肤浅的娱乐圈变得更糟糕了。

《微光时代》的总决赛,景云是在小礼堂跟众人一起看的。因为有校友参加了比赛,大家就跟校方商量,借用礼堂一起观看。能容纳一千人的多媒体厅座无虚席,无论是追星的女生还是喜欢音乐的男生,都特意跑过来了。

易祺坤在高校圈中其实是很有人气的,学校附近有个叫琴馆的地方,是间很热闹的小酒吧,附近几所学校的博士生和研究生在写论文写到崩溃时都习惯去那里喝一杯。琴馆有个不大的舞台,情之所至,会有人上去唱歌,而易祺坤是公认最有才华的一个,他尤其受男生欢迎,他们喜欢他活得简单又纯粹的样子。

岑亦湛退赛之后就被并到了另一个以音乐为主的组合里成团出道,当他们出场时,所有学生都欢呼起来。

而易祺坤却皱了皱眉,望向亲友团。镜头瞬间切换过去,方采嘉在,岑亦湛却不在。小溪和秦简都呆了呆,问:"虎仔呢?"

按照之前的说法,岑亦湛是要为易祺坤助阵的,结果他却没来。

小溪发了微信给方采嘉,方采嘉半晌才回复:阿坤的娱乐公司怕影响不好,说是虎仔现在负面新闻太多了。

"天哪!节目组太过分了!"小溪惊叫一声,把那个回复拿给景云看,景云和秦简对视一秒,就低头发了短信给岑亦湛:你在哪儿?

不在北京。他回复。

音乐声忽然响起来,是景云听过的那个前奏,管风琴、小提琴,继而是鼓。极有节奏的鼓声让整个曲子都恢宏起来,而易祺坤的歌

声更是让整个夜晚都沸腾起来。礼堂里的学生边尖叫着,边掏出手机给易祺坤投票,只有景云和小溪她们在嘈杂声中说:"节目组也太过分了吧?怎么能不让虎仔去?阿坤要是知道了会不会很生气啊?"

"阿坤会不会也当场退赛?"

"来不及了吧?他不是已经和节目组签约了吗?"

"可是……虎仔唯一的愿望就是想让阿坤出道而已,阿坤要是赢了,他却连恭喜他的资格都没有……"

"啊!我要骂死节目组啊!"小溪说着,就带领一众女生离去。景云和秦简还呆呆地坐在原位,听着管风琴的声音一遍遍地扬起,将音乐推向高潮。

"他怎么说?"秦简问。

"说是不在北京。"

明明就是为了避开她们才不在北京的吧?不仅要避开景云,还要避开秦简、小溪等所有支持他、想要安慰他的人。此时此刻他在看节目吗?看到易祺坤的表现,会不会骄傲?会不会开心?会不会难过?

景云有点儿不忍心想了。她打开微博,看到小溪已经迅速地建了话题:把岑宝宝还给阿坤。看到这个题目的瞬间景云就笑了,什么鬼话题啊?但短短半个小时内,话题的讨论数已经过了万条。在追星这件事上,小溪果然是认真的,她本身就是学电子商务的,对营销驾轻就熟。景云犹豫很久,才转发了一条解释性的微博。在不知不觉间,景云已经有了十五万粉丝,评论瞬间就淹没了她:等一下,你不是岑亦湛的黑粉吗?

活久见!黑粉都看不下去了吗?

果然还是营销吧……

景云愤怒地回复:知不知道什么叫就事论事?

这时候微信突然跳出提示,是来自"切克闹"的消息:我说你啊,还真是精力旺盛。

一瞬间,景云浑身的血液都涌到了大脑,她都快忘了,自己是一个拥有偶像微信的人。

切克闹又发了一条信息:别和网友撕了,出来,请你吃好吃的!

骗人的吧?

景云回复的手都颤抖了,夏隼佑却发了个定位过来,道:骗你干什么?刚好在你们学校附近。

景云看了看地址,简直不敢相信自己的眼睛。奥地利俱乐部——他居然知道这个地方?他怎么会知道这个地方?为什么会在这个地方?

景云只犹豫了一秒,就站起来朝奥地利奔过去,结果刚到门口,一辆跑车就停下来。夜色中,景云看不清那个人的脸,她偏偏还戴着太阳镜,潇洒地将车停在一边,并把车钥匙递给旁边一个温柔的男孩子。车门打开,那女子宛若贵妇一般,风姿绰约地朝咖啡馆走来,在看到景云时才摘下太阳镜,一脸兴奋地扑了过来,抱住她道:"总算见到女主角了!"

景云望着她耳边明晃晃的耳环,结结巴巴地叫了起来:"夏……夏鸣姐姐……"

跟偶像以及偶像的朋友一起吃饭,当真是想也不敢想的事情。

奥地利俱乐部的三楼有一个天台,一向不对外营业,景云原本还以为是堆杂物的,谁也没想到是接待其他客人的。

传说中的"需要提前一个星期预约""从内蒙古运过来"的小

第七章 云捎来心动的信号

羊排就摆在桌子上,而夏隼佑、思雅和吨吨就坐在旁边,一个不认识的男人正忙着折腾烧烤架,另外还有个不认识的女人在喝酒。

夏鸣一走上天台就道:"小老虎的女朋友好可爱,看到我居然会脸红!"

景云一路上都是被夏鸣亲昵地揽上楼的,她妩媚至极,身上香香的,项链和耳环都随着动作叮当作响,真是个活色生香的女人。

景云根本没有跟这样的人相处的经验,紧张得连话都说不出来,而小至则笑眯眯地跟在后面,不停地冲景云眨着眼。

"八婆!快放开人家!"夏隼佑不客气地叫道,他穿着户外运动服、休闲鞋,头发被风吹得乱糟糟的,却格外亲切,跟在公众场合不一样,是那种让人迅速就安心起来的样子。

"你叫谁八婆?"夏鸣松开景云,去拎夏隼佑的耳朵。夏隼佑立即嚷嚷起来:"等一下,我粉丝在场,说好的公众场合互不侵犯的条约呢?"

"那是口头协议!不算条约!"

景云目瞪口呆地望着眼前的一切,继而转过去看夏隼佑旁边的女生。她还是编着那个招牌式的麻花辫,比《狭路相逢》时期成熟了很多,灵巧的眼睛,正笑盈盈地望着夏隼佑跟夏鸣闹腾,从容又优雅。

"我喜欢你!"景云想也不想就朝她扑过去,忽然又想起夏隼佑说过的,她害怕陌生人,这才及时刹住了脚步,惶恐地看向夏隼佑。夏隼佑冲她眨了眨眼,指了指旁边的位置,思雅则捂着嘴巴笑了起来,"你怎么在网上跟现实生活里……一点儿区别都没有啊?讲话声音都自带感叹号一样。"

"因为我是个表里如一的人!"

思雅笑了起来,声音不大,却很动听。景云在夏隼佑的另一侧坐了下来,一直小心翼翼地打量着思雅,直到被夏隼佑敲了敲脑袋,道:"不许再看了!"

"好的!"景云乖巧地转过头去,又仰起脸,给了夏隼佑一个心照不宣的笑容。夏隼佑没好气地看了她一眼,却也跟着笑了。

这是粉丝和偶像之间才会有的默契,景云十分明白。

"没骗你吧?是我姐非要见你,我们才千里迢迢跑来吃羊排的。"

"但你们怎么知道这里?"

"师兄的羊排一向很出名啊!"夏鸣说。

景云没想到连外人都是这么称呼师兄的,而他正专注地盯着炭火上的羊肉,吨吨则在一旁帮忙,夏鸣正点着饮料,小至则和思雅正窃窃私语。不认识的女人喝着啤酒,问吨吨:"还要多久啊?好饿!"

面对这一桌子人,景云兴奋不已,却根本不敢说话。

夏隼佑跟她介绍说:"徐橙,公关经理,你上次那张邀请函就是她帮小老虎弄的。她跟我姐就是小老虎传说中的'姐姐粉'。"

"别提了!我帮他的忙是想着收下他当客户,谁知道他对当明星根本就没兴趣!"名叫徐橙的女人非常干练,穿着剪裁精良的西装,戴着一块男士手表。

这句话,景云已经听他说起过了,却不想夏鸣瞬间瞪大了眼睛:"不想当明星?那我的电影怎么办?"

"之前不想,现在就说不准了。"徐橙道,"节目组这么一搞,估计岑亦湛的斗志全都被激起来了。"

"话说回来,你还什么都没确定,就已经开始研究剧本了吗?"夏隼佑无奈地看着夏鸣。夏鸣说:"但小老虎真的很能给人带来灵感啊!很像那种女孩子会暗恋的类型。"

"胡说八道！普通的女孩子哪有机会遇到长成那样的男生来暗恋？你们影视圈的人就喜欢美化生活！"

"你这不是废话吗？难道我要找长得不好看的人来拍青春电影？"

拍电影？景云睁大了眼睛。

这时第一拨羊排已经烤好了，吨吨叫了一声"大家都小心"，接着便把整个丝网架都端到桌上，一瞬间热气蒸腾，羊排还吱吱地响着，看着就无敌好吃。

景云口水都快流下来了，还未来得及动手，夏隼佑已经夹起一块放进了她的盘子里，她受宠若惊，自己的爱豆给自己夹菜！

内心尖叫了半天，表面上却只说了句"谢谢"。夏隼佑望着她笑了笑，才问："小老虎呢？"

"说是不在北京。"景云的表情有些黯然。

夏鸣立即道："老贾这次真是不地道了，口口声声卖着'团魂'，结果关系真的好的，连个面都不让见！"

"这次也不能怪老贾，老贾特意把他跟佑佑弄上热搜就是想着最后一期能创造收视高峰，谁知道被南佑聪的经纪公司压了下来。"

南佑聪也是《微光时代》的热门选手，长着一张童叟无欺的面孔，是娱乐公司送过来的选手，唱跳俱佳，外形也足够好。除岑亦湛之外，就数他人气最高。景云震撼地听着，没想到他的娱乐圈生涯还未开始，就已经被人当作竞争对手伏击了。

"没办法，小老虎签的那个经纪人就是打杂的，他连个工作室都没有，是真的对影视圈没什么兴趣。"夏隼佑忽然说。

"你当初干吗不找他？"夏鸣问。

"问过了，结果被一口回绝了。"

"开玩笑的吧？"徐橙瞪大了眼睛，接着就捧腹大笑起来，"你居然也会被人拒绝啊！"

景云则诧异地转过头去，望着夏隼佑道："你的意思是说，你想签约他？"

"不只是他哦！你都不知道有多少经纪公司盯着小老虎呢！"夏鸣感慨地说，"他真是天生的明星。"

"我也喜欢岑亦湛！"思雅忽然说。

夏隼佑却说："你不许喜欢！"

一桌子人都笑了起来，景云探头，好奇地望着她，她完全无视夏隼佑，好像早就习惯他的无理取闹了。思雅冲景云笑了笑才说："有一期的节目花絮里，他说他很喜欢换日线，只是经过一个时区而已，却完全是不同的两天。那么开心的时候，从西向东，就可以让快乐延长；不开心的时候从东向西，就可以跳过那一天了。"

"啊！我记得那个！"夏鸣兴奋地说，"我就是从那个时候开始留意他的！"

景云呆了呆。换日线？脑海里闪过了什么，"第二次见到你的时候，你跟小尘、沈沐怡在聊天……""将来我一定要挑一个特别的日子专门坐一趟横跨换日线的飞机！"

是那天吗？景云拼命地回忆，却什么都想不起来。那样的时候太多了，他们总是在海阔天空地聊天，谁也不知道哪一天的哪一句话，突然就被什么人听到，而后埋进心里。

"那几个镜头我都想直接拿来放进电影里！"

景云抬头："但岑亦湛不是个面瘫吗？"

"面瘫？"一瞬间，整桌人都震惊地看向她，道，"原来你们外界是这么定义面瘫的啊？"

"他有一张标准的电影脸。"小至耐心地解释，"他的表情都很小，

在电脑或手机上看不出来而已,但那些表情放到大荧幕上就不一样了,会细腻很多。"

"尤其是他笑起来的时候,嘴角那个弧度太微妙了。"徐橙补充,啧啧称奇,"看起来没什么大动作,情绪却给得很精准。"

景云也大吃一惊,完全没想到业内和业外看一个人的差别会那么大。她仔细回忆着岑亦湛的点点滴滴,但根本没办法想,因为一旦开始想,脑子里就只剩下他了。耳旁好像总是有管风琴的声音,悠扬而盛大,仿若背景音乐似的,烘托着楼下时不时传过来的笑声,以及这些业内人士的谈话声。炭火逐渐熄灭,那微弱的光火,在暗夜里让她手指发麻。风一阵阵地吹过树梢,即便不抬头,她也能想象到天空中的风起云涌。而脑海里塞满了嘈杂而凌乱的声音,心里却是空旷的,仿若峡谷一般,回声不断地蔓延着。

她空前地想念他。而想念,总是能让人在一瞬间就安静下来,铺天盖地而来,久久不愿意离去。

"开始了!"小至忽然叫了一声。

所有人都安静下来,景云回过神来,这才发现他们正在用手机看着《微光时代》的直播,连夏隼佑都打开微博,用手指小心翼翼地滑动着,刻意避开了能点赞的位置——

很好,现在景云知道自己的那个赞是怎么来的。

就是在这个时候,不远处的校园传来一声巨响,夏鸣也尖叫起来。与此同时,景云的手机跟着振动着,群里到处都在播报着易祺坤不仅进了出道位,还拿到了第二名的好消息,秦简问:你在哪儿?

我不敢说!说了你也不会相信的!

虎仔联系你了吗?

没有。

景云回复完，忽然又沉默了。这么开心的时刻，岑亦湛却不在。那是他亲自送到亚军宝座的人，他却不在。

正难过着，夏隼佑忽然敲了敲她的脑袋，小声说："给他打个电话吧。"

他温柔地望着她，让景云无所适从，转过头去，才发现夏鸣和徐橙也都笑眯眯地望着她，她这才找出那串号码，拨了过去。

"喂？"耳边响起那个低沉的声音，景云才吸了吸鼻子，故作欢欣地说："你猜我跟谁在一起？"

"小尘？"岑亦湛不确定地问。

景云一下子就笑了，道："小尘个鬼啊！我跟你导师在一起哦！"

"我的导师？"岑亦湛更困惑了。

景云笑了半天，把手机递给夏隼佑，听到他懒洋洋地问："我说你跑到哪去了？"

岑亦湛呆愣了半天，才反应过来那是谁的声音，问："你怎么……"

"正在给景云介绍男朋友！"

景云顷刻间就笑出声，隔着手机，都听到岑亦湛说出了"你敢"两个字。他也真是不客气的……

关键是，夏隼佑也真的不介意。

景云转过头望着夏隼佑，见他正笑眯眯地说："什么时候回来？给你找点儿有趣的事情做！"

第八章

我不会谈恋爱,你教教我

到最后,你在别处受到的伤害,都会有人补偿,那些误解也好,谣言也好,怨怼也好,会有人补偿你那些寂寥的时光,以及你应有的荣耀。会有人爱你,会有许许多多的人爱你。

1

有趣的事情。

当明星,会是有趣的事情吗?

挂掉电话之后,几个人就热火朝天地讨论起来:"下周开拍,十二月应该就能搞定,一月后期,会不会有点儿赶?"

"你那个故事比较简单,应该没问题。"小至道。

"他的演技呢?现在在跟哪个老师学习?"

"我并不需要他演得太好,本来的样子就挺合适。"夏鸣吃着羊排,但还是问夏隼佑,"你之前的老师在忙吗?让她去教小老虎。"

"我问问。"夏隼佑说着,就拿起了手机。

"那我现在就开始准备宣传了吗?"徐橙问。

夏隼佑做了个制止的手势,又看了景云一眼,才道:"还是先让他自由几个月比较好。"

景云呆了呆,再傻,也知道他们在聊什么了。没接触娱乐圈的时候,脑海里也想象过背后的运作方式,如今见了,才发现根本不是她以为的那样。他们聊天时节奏快得惊人,根本没她插话的余地。

"代言呢?是不是也应该弄一个?"

"廖庭恺那个运动品牌的代言快到期了,品牌方倒是考虑过岑亦湛,但现在他还是新人,代言人的位置就有点儿难了。"

"有作品就不一样了,回头你去找小马谈,我还需要一个杂志封面!"

"一月的哪有那么容易?开年第一刊欸!"

"把我的那个给他好了。"夏隼佑淡淡地说。

景云赫然转过头,听到徐橙问:"那你那部电影怎么办?"

"发行正考虑延期到六月上映,一时半会儿不着急。"

那是夏隼佑拍了快两年的电影,据说是第一次挑战反派,粉丝们早就期待不已了,剧组却没放出太多消息,景云没想到会在这里听到。她呆呆地注视着夏隼佑,他很平静地说:"我有个汽车品牌的合作也快到期了,刚好他也喜欢开车,你可以把那个给他,暂时别去抢廖庭恺的资源。"

景云已经彻底僵住了,他们在帮他,到底为什么?

最关键的是,夏隼佑在干什么?电影、封面、代言……她脑海里闪过"继承人"三个字,瞬间就瞪大了眼睛。

"你……"

刚张口,夏隼佑就夹了一块羊排给她,并微笑着,暗示她先不要问似的,道:"快点吃,凉了就不好吃了。"

景云只得低下头。

"那现在就只剩一个问题了!"徐橙走到远处打了几个电话后才回到座位上,望着景云道,"绯闻怎么办?"

景云一呆,到了此刻才明白她被叫过来的目的。

"小老虎就是通过追女生出名的,他的粉丝应该没问题吧?"夏鸣咬着筷子,一动不动地注视着景云。

景云当即又面红耳赤,说:"我们还……"

"那你喜欢他吗?"两个姐姐粉都兴奋地注视着她,那眼神跟秦简和小溪一样,完全就是看八卦的眼神。

"我……"

"别逗她了!"夏隼佑摸了摸景云的脑袋,非常笃定地说,"他们没问题的。"

2

那天晚上，景云肯定永远也不会忘记。当她周围的人在努力为易祺坤鸣不平的时候，她的偶像们却在为岑亦湛鸣不平。一个主角不在场的造星计划，就这么自顾自地运行着。而景云之所以在那里，是因为她是能说服岑亦湛的人。

他们都知道，她也知道，只是没人提起罢了。

聚会结束，所有人都离席了，最后只剩下夏隼佑和景云走在路边，思雅和吨吨则遥遥地跟在后面。她能感觉到夏隼佑有话要对她说，一直闷着头，也不敢先开口。

"小老虎是个很孤单的人哦，"夏隼佑慢悠悠地道，"他问过我一个问题，说'被囚禁在一个很小的地方和一个很大的地方，究竟哪里更惨'。"

景云茫然地抬头，听他轻笑着说："他说他很喜欢《裂隙》，在美国的时候经常想起故事里的情节，什么样的人才会跟《裂隙》里的主角一样感同身受啊？那是有关求救的悬疑电影好不好？"

晚风带着秋天粗暴地经过，其实马路上人很多，因为易祺坤的成功出道，许多人都兴奋不已地跑出去庆祝。夏隼佑戴着帽子和平光眼镜，看起来与那些大学生没有多大区别。需要的时候他是万众瞩目的明星，不需要的时候，他也能匿藏在人群之中。景云仔细观察了一下，才发现他连走路姿势都变了，懒洋洋的、漫不经心的，就像是刚做完功课一样。

夜色将他那张雍容的脸隐藏起来，景云想起他的年龄，他只比自己大四岁而已，却像是经历了一生那么漫长，眼底总是有种藏不住的疲倦。

"娱乐圈很残酷的,节目组只注重收视率,投资人只注重回报率,而观众……观众更残酷。再漂亮的脸,看久了也会失去新鲜感。这个世界需要有趣的年轻人来打破那些陈旧的规则,尤其是娱乐圈。"夏隼佑继续道,"岑亦湛资质很好,浪费了可惜。"

"你为什么要帮他?"

"看不惯罢了。"夏隼佑道,"选秀节目可不是什么实现梦想的地方,而是梦想的屠宰场,你永远想不到那些孩子在节目组受到多大的委屈和压榨,岑亦湛却明白,他比你以为的要聪明很多。不过懂得太多的人,总是会孤独很多,尤其是他什么都不说。"

景云想起那次大雨,提到易祺坤时他的表情,心里忽然就痛了一下。

"那你呢?你要干什么,为什么把所有的资源都送人了?"景云问。

"调开一个时间差而已,之后又要经历大规模脱粉了。"

"为什么?"

夏隼佑回头看了看思雅,没说话。景云顷刻间就明白了,跳起来大叫道:"你要……"

"嘘——"

夏隼佑在唇边竖起一根手指,并冲她眨了眨眼。

景云的心一下子就怦怦跳了起来,追了那么久的剧情,终于要收尾了。想要跟一个人相伴的心情,任何人都会有,包括明星。

而之后,岑亦湛会变成一个明星。

景云惶恐地望着远处,夏隼佑却像是知道她在想什么似的,道:"你不用担心,我会保护你们两个的。"

"但是为什么呢?你为什么要对我那么好呢?又为什么要对他

那么好呢?"

　　"因为我的人生没法重来一遍了,我失去了什么只有我知道。可是你们还年轻,我想,可能会给娱乐圈带来一点儿不一样的东西。"

　　夏隼佑很平静地说,景云的眼眶却瞬间湿润了,抬头望着这个陪着她长大的偶像,她从来没有想过,会有机会跟他一道走在这样一个夜晚,聊着熟人间才会有的贴心的话。他信任她,而她也信任他,哪怕他们根本就不认识,只是第二次见面的偶像与粉丝。但这许多年的感情,是存在着的,不是什么粉丝和爱豆间的一厢情愿。

　　思雅和吨吨却什么都没注意到,依然在讨论着烤羊排的做法。两个人还很有经验的样子,吨吨说:"家用烤箱的话,先蒸一下,再烤,可能会比较好吃。""但是去哪里买到那样的小羊排呢?""我知道有家市场的羊排也不错,回头把地址发给你。"

　　她高挑而消瘦,穿着宽松而淡雅的衣衫,从容又安静地说着话,清水一样的声音,随风飘出去好远。

　　景云目不转睛地望着她,思雅还以为她有事情要找她,几大步走了过来,景云冲她笑笑,她一脸茫然,夏隼佑趁机拉住她的手,她有些羞涩,依然走在两个人身后。两个人的手就这样在地上留下长长的影子,景云不禁捂着嘴笑了起来,又被夏隼佑敲了敲脑袋,她这才收声,佯装一本正经。

　　"你喜欢他吗?"夏隼佑忽然问。

　　景云就像被踩到了尾巴的猫一样,一下子就跳了起来:"你有没有点爱豆的样子啊?怎么可以八卦自己的粉丝?"

　　"礼尚往来!难得有个送上门来的粉丝,可以体会一下八卦别人的感觉,我才不会浪费呢!"夏隼佑又恢复了平时的样子。

　　"太过分了!"

景云气得跺脚，走路飞快，脸颊却烫了起来，眼见着那辆黑色的轿车就在眼前，才回头，甩着袖子小声问："要是喜欢怎么办啊？"

他们的车就停在路边，吨吨上了车，夏隼佑则拉开车门。直到这时，才有人停下来，好奇地打量着夏隼佑。也不知道什么时候，他的姿势又变了，立在车门前问思雅："小老虎那句话是怎么说的来着？"

"喜欢一个人，就应该告诉对方啊！"思雅遥遥地冲景云挥了挥手，钻进车内，夏隼佑则说："听到了吧？"

景云只是脸红红地望着他们，直到车子开出去很远，才转身朝学校跑去。

学校里空前热闹，已经快到熄灯时间了，男生们却还是在操场边大声唱着歌，女生则围在一边鼓掌。他们唱的全都是年轻人喜欢的有关恋爱的歌。那些或是轻快或是澎湃的曲调，诉说着他们美好而忧伤的渴望。景云忍不住就掏出手机，鼓足勇气，发了短信给岑亦湛：想你。

他回复：后天回来。

到了那一天，回来的不只是岑亦湛而已。

易祺坤满载荣誉而归，他才是那些天里最大的主角。他们约好了要去琴馆庆祝，人还未到，学校里就涌动起快乐和躁动的氛围。小溪连续两天都带着一群女生，抱着纸箱进进出出跑来跑去，见到景云连忙道："你千万不要告诉虎仔啊！"

"告诉什么？"景云一脸纳闷，秦简则在一旁解释道："他们要复制总决赛现场。"

"啊?"

"《微光时代》啊,他们准备给岑亦湛一个惊喜,让他亲历一下易祺坤夺冠的时刻。"

景云的眼睛眨了半天:"这怎么复制?"

"你还别说,他们搞得有声有色的,易祺坤说服了整个团的人来参加,什么应援灯牌啦、手幅啦都准备好了。"秦简悠然地说着,似乎很有信心的样子。

景云还是一脸呆滞,望着她们叽叽喳喳地跑来跑去。

她们试图给他一个公平,夏隼佑也试图给他一个公平,岑亦湛好像是个特别幸运的人。

也或者是人人都看懂了他的委屈,禁不住就这么做了。景云忽然想起夏隼佑说过的,他什么都不说,所以才会非常孤独。

但以后不会了,有了粉丝之后,他会很容易就找到自己的价值所在,会为了他们努力,逐渐完善自己,成为他们的灯盏。

景云之所以知道,是因为她经历过。自始至终,她都庆幸遇到了夏隼佑,十五岁里的惊鸿一瞥,让她知道人可以那样活着,如果具备足够的实力,就会所向披靡。

为此她努力奋进,跟夏隼佑一道,成为彼此的骄傲。

他们都做到了。

但岑亦湛呢?岑亦湛会是能给别人带来力量的人吗?

明年一月。景云在心里想着这个日期。

吃过晚饭后,景云才和秦简一道赶往琴馆。马路上到处是人,除了校友之外,还有千里迢迢来给喜欢的选手加油助威的女孩。望着她们,景云睁大眼睛,问:"琴馆真的塞得下这么多人吗?"

秦简也面露难色，道："好像人真的太多了……"

于是等岑亦湛那到达的时候，所有人都准备好了。易祺坤那个组合也来了，前来做功课的博士生都被吓跑了，最后琴馆只剩下校友和特意来追星的人。方采嘉在跟工作人员交涉着音响设备，小溪则部署着每一个环节……在他们的衬托下，景云和秦简就像两个外人一样，坐在吧台前，格格不入又目瞪口呆地望着他们忙碌。

七点半，岑亦湛推开琴馆的大门，一瞬间所有的女生都打出灯幅，高声呼唤着他的名字。尖叫声如雷般滚动，让人的血液流动都加快了。景云呆呆地望着那一幕，她跟岑亦湛之间隔着不下一百人。

他呆呆地、惊慌失措地看着他们，那肯定是景云会收藏在心底、一辈子也不会忘记的表情。易祺坤在舞台上笑着，对着话筒道："有请岑宝宝！"

听到这个外号，所有人都笑了，几百人的笑声和尖叫声震耳欲聋，而管风琴和鼓声又是如此和谐，如此振奋。岑亦湛茫然地被推到舞台边缘，景云注意到，他的眼角也闪过一道不易觉察的光。那么久没见了，明明很想念他的，但这个时候，他周围好像根本就没有自己的位置。景云和秦简都默默地看着他被易祺坤拉到舞台上，许久不见，他们互相碰了碰拳头，方采嘉在一旁笑着，岑亦湛皱眉，抓了抓头发，冲台下道："干吗乱花钱？"

"因为爱你啊！"

台下的女生一起喊，岑亦湛笑了笑，终究还是有些腼腆，低着头，嘴角弯弯，眼睛却璀璨万分。易祺坤扔了一支话筒给他，说："一起唱歌！"

"我不会这首啊……"他道，底下的人就笑了起来，齐声说："那你跟着我们唱！"

那是易祺坤出道夜唱的歌曲，也是岑亦湛忙了半个月的曲子，乐队特意放慢了节奏，把声音也调小了。众人的合唱，在这个夜晚，显得格外温暖。岑亦湛偶尔低头看着那些女生，偶尔又转过去看易祺坤，脸上始终挂着那种腼腆的笑容，跟平时不一样。

到最后，你在别处受到的伤害，都会有人补偿，那些误解也好，谣言也好，怨怼也好。你孤孤单单地长大，以换日线为分界线，在快乐和不快乐中来回穿梭，那些细碎的光影里，你在渴望着的身影，抑或漫长的公交车上，从荒野开往芝加哥的落日。你的委屈和不甘、茫然和彷徨，在这一刻，才总算消失。会有人补偿你那些寂寥的时光，以及你应有的荣耀。会有人爱你，会有许许多多的人爱你。

景云忽然想起岑亦湛之前说过的那句话："我希望你这辈子都不会被人误解，不然你就会知道什么叫百口莫辩。"

她忍不住放下杯子道："走吧！"

秦简陪着她一道，小心翼翼地从人群中穿过，尽量低调，不引人注意。然后，真的没有人注意到她们。

外面忽然就下了细密的小雨，两个人都没带伞，一路上都沉默着，直到快到学校的时候，秦简才问："你说，岑亦湛会不会真的变成一个大明星？"

"想红，也不会那么容易的吧？"景云明知道未来等待岑亦湛的是什么，却不敢讲出来。他们并没有要求她保密，还把她当成了圈内人，她得回报他们才行。

"认识一个明星还真的挺奇怪的。"秦简低声道，"刚认识岑亦湛的时候还不觉得，那时候觉得他除了长得帅之外跟我们没什么区别，结果今天才发现根本不是那么回事。有的人好像就是会值得万千期待的，而有的人，无论如何都是普通人。"

"你是在说我吗?"景云故意问。

秦简也跟着笑了起来:"拜托,你自己的微博账号都快成八卦平台了!怎么着也算是个网红了。"

正说着,一个身影忽然急匆匆地从她们旁边跑过,前面有人大叫着:"抓贼啊!"

景云呆了一下,旋即拔腿追了上去。

岑亦湛到达景云的学校时,看到一辆警车正在门口闪烁着。是靠近女生宿舍的那个门,一大群人围在二号宿舍楼门口,只有景云是坐着的。他皱眉观望了半天,才看到秦简正在人群外围,满脸的惊魂未定。

"怎么了?"岑亦湛走过去问。

"景云抓了一个贼。"

"抓了什么?"

岑亦湛简直不敢相信自己的耳朵,却见秦简还停留在方才的震撼当中,僵硬地转过头来,再次确认般地说:"小偷。"

看仔细了,岑亦湛才发现她受了伤,左腿的裤子拉到了膝盖上方,运动服的袖子也挽起来了,两个不算太明显的伤口在流着血,她却毫无反应,还在跟旁边的人聊着:"要么是我们学校的,要么就是附近几所学校的。学校里就今天人少,大家都去琴馆了,几幢宿舍都没什么人。"

岑亦湛也不管周围有多少人在看,几大步就冲到宿舍门口。她坐在一张折叠椅上,倚着墙壁,旁边几个穿制服的男人,有警察,也有保安，学生会的人也被叫过来了，纷纷打听着情况。好多女生都怯生生地围在一起，人群进进出出，景云根本没留意到岑亦湛。岑亦湛蹲下去看了一眼她的小腿，才恼怒地大叫："你给我闭嘴！"

景云低头，见是岑亦湛，顿时皱了皱眉。

"我错了！"岑亦湛立即举手道歉，一众人这才哄堂大笑起来，连警察都笑着说："行了，我们明天再来找你，你先好好休息吧！"

景云也腼腆起来，根本没料到是岑亦湛，他到底是什么时候出现的？而岑亦湛则四处问着："有医药箱吗？"

"啊！我去拿！"一个男生这才留意到景云的伤口，匆匆朝男生宿舍的方向跑去。岑亦湛又转过头对那几个女生说："棉签，毛巾，水。"几个女生会意，立即叽叽喳喳地跑上楼去。

小腿上的是擦伤，表皮已经磨破了，渗出细细密密的小血点来。岑亦湛都快心疼死了，当事人却跟没事人一样，依旧在跟学生会的人商量着，说："能不能跟学校申请今天晚一点熄灯啊？女生宿舍进了贼，大家哪敢睡？还好今天人不多，不然得吓成什么样……"

"你就不痛吗？"岑亦湛生气地问。

景云这才伸直了腿，低头看了一眼，惊叫起来："什么时候流血的？"

岑亦湛长叹一声，简直想揪着她暴打一顿。

男生总算提着箱子过来了，女生则带来了水和毛巾。岑亦湛脱掉外套，把衣服递给秦简后，用酒精浸湿了毛巾，轻轻擦拭过了，才用棉签小心翼翼地蘸着那些细小的颗粒。景云顿时倒吸一口气，岑亦湛没好气地说："现在知道痛了？"

他蹲在地上，身体低到不能再低了，光线不够，秦简和几个女生就用手机打着光。景云还是第一次从这个角度打量岑亦湛，看到

他的头发也被打湿了,垂在额头上。眼睫毛被光线照着,显得温柔至极。

也许在将来,这个画面就会出现在大荧幕上,会被许许多多的人看到。

他穿着一件白衬衫,景云正在纳闷他怎么会穿这么保守的款式,再仔细一看,才发现衣领上竟然绣着一首诗。

"Here I……and horizon hides you in vain……"景云小声念着,刻意略过"love you"那两个单词。岑亦湛抬头,她才别开目光,道,"没什么。"

"都听到了!"

"又不是念给你听的!"

"反正我照单全收了。"

"你居然能听懂啊?"

"你以为我在美国用什么跟人交流?眼神吗?"

"翻译软件啊!"

岑亦湛完全是被拆穿的表情,没好气地说:"偶尔才用。"

"喂!我们还活着!"秦简忽然大叫,景云和岑亦湛都笑了起来。

人群也不知道什么时候散去了,最后只剩下寥寥几个人,而雨还在下着,细细密密,被路灯照着,宛若金色的小针。处理完小腿上的伤,他才说:"胳膊。"

景云便把胳膊伸过去,洁白的小臂上是一道浅浅的划痕,似乎没什么要紧的。但以防万一,岑亦湛还是用酒精棉擦了一遍,以防感染。之后,他吻了吻她的手心,几个女生立即捂着嘴巴笑了起来,景云柔情似水地望着他,他刚好保持一个单膝跪地的姿势,眼睛里闪过一丝喜悦的淘气,让人禁不住地喜欢。

但下一秒,岑亦湛手就伸了过来,拍了她的脑门一下,说:"下次遇到危险,就不知道躲开吗?"

"刚好经过我身边啊!我离他最近,还能怎么办啊?"

"你就不知道跑吗?"

"我跑了啊!"

这么回答好像也没什么问题。

岑亦湛还是皱着眉,说:"万一他有武器呢?"

"身后那么多人追着呢,我又不傻!"

岑亦湛长叹一口气,绝望地摇了摇头,这才站了起来,朝景云伸手过去,问:"能走路吗?"

"只是擦伤而已,怎么会走不了路?"

话虽如此,站起来的时候还是吸了口气,岑亦湛无奈地看着她,扶着她走了几步,确认她真的没事了,这才松了口气。

景云问:"你怎么突然跑到这里来了?"

"来看你啊!"他还是漫不经心地说,"不是说想我了吗?"

"今天不想了!"

"是吗?"他扬眉,她则仰着脸,故作娇嗔。

秦简等人都识趣地回宿舍了,学校重新安静下来,只有细雨依然在下着。两个人站在屋檐下,岑亦湛倚着墙,笑盈盈地望着景云。而景云则来回走动着,确定自己没受什么伤,在偶尔的抬眸间,才看他一眼。看得出,那些办法奏效了,他的眉眼之间都挂着笑,发自内心地快乐着。

Here I love you and horizon hides you in vain, I love you still among these cold things.(我在这里爱你,而地平线徒然地隐藏你。在这些冷漠的事物中,我仍然爱你。)

聂鲁达的诗。

"见过夏隼佑了吗?"景云问。

岑亦湛摇了摇头,说:"约了几天之后见面。"

"他姐姐很喜欢你。"景云不由得有些失神。

就要失去他了,那种感觉,格外强烈。谁知道他却问:"你呢?"

景云根本不接那个话茬,道:"他们准备找你拍电影。"

岑亦湛怔了怔,忽然说:"我并不一定非要当明星不可的。"

"你还是去吧,那么多人都等着你呢!"

想到小溪和夏鸣,景云咬了咬嘴唇,好像无论他愿不愿意,他都被推上牌桌了。娱乐圈,一向是资本游戏,他代表的可不只是他一个人,还有易祺坤、夏隼佑,还有许许多多景云也不太清楚的利害关系。她故作欢欣地说:"我们家佑佑的资源欸,你敢浪费我就宰了你!"

岑亦湛却只是皱了皱眉,没再说话。

当明星意味着什么,两个人好像都很明白。只要他红了,从此隐私、自由,就都没有了。无论他愿不愿意,景云都会成为被人攻击的对象,她会跟他一道进入舆论之中,犹如跃进海洋,从此就只能在挣扎中度日。

可是被一群人呼唤着自己名字的快乐,也是不一样的。他还记得琴馆方才的尖叫声,原来被人眷顾着,是那么美好的事。

岑亦湛闭上眼睛,在心里挣扎了一会儿,景云握住他的手,很小声地说:"你不用担心我。"

"我是在担心我'其他的女朋友'而已。"岑亦湛故意说。

"哦!那你慢慢担心,我先回去睡觉了!"

她拖长了音,转身,又被岑亦湛一把拉住,转一个圈,跌进他怀里。

两个人对望着笑了半天,谁知道宿管阿姨却突然出现了,遥遥地吼了一声:"宿舍禁地!禁止卿卿我我!"

"没有卿卿我我啊,她根本不理我!"岑亦湛道。

宿管阿姨看了他半天,才赫然叫起来:"这个小伙子长得还不错哇!你要加油啊!什么好吃好喝的都送过来,追女生能难到哪里去?每天讲讲情话,对人家好一点儿,努力赚钱,买个大房子!女孩子的心都很软,认真一点就能追到了!"

岑亦湛一脸笑意:"阿姨,你经验还挺多的啊!"

"那当然了,我见过好多像你一样的男生,长得倒是挺好看,整天被女生追着跑,结果一毕业就没人理了!为什么呢?男人还是要有点儿事业才行,光长得好看有什么用啊?小姑娘,你说是不是?"

景云乐不可支,捂着嘴巴偷笑,又问阿姨:"学校没骂你吧?"

"没有,那个小偷是从后面上来的,我又看不到。"她叹了口气,望着岑亦湛道,"不过以后宿舍就要加强安保了,十一期间也不会乱放人进来了。"

岑亦湛会意,这才站直身体,吻了吻景云的额头,景云的脸红成一团,掉头上楼。岑亦湛望着她的背影问:"能不能再念一遍那首诗?"

"想得美!"景云摇头晃脑地上楼去了。

The moon turns its clockwork dream, The biggest stars look at me with your eyes. And as I love you, the pines in the wind, want to sing your name with their leaves of wire.(月亮转动它齿轮般的梦,最大的星星借着你的双眼凝视着我,当我爱你时,风中的松树会以它们丝线般的叶子唱出你的名字。)

而我在这里爱你。

偶像大人,你的脸怎么红了

爱情本身,是像树一样恒久存在,还是像秋天一样转瞬即逝,错过之后,就要等待很久?

1

夏隼佑的工作室就在陈易的公司附近，他真是个不可思议的明星，旁人都有属于自己的影视公司，唯独他没有，就那么安安心心地当着演员，除此之外不闻不问，事务完全由陈易和夏鸣掌权。

不过当然，他们根本就是一家人。陈易待他不薄，他则什么都不在乎，单纯得不可思议。

岑亦湛的那个经纪人，是业内有名的"废柴"，从未炒红过一个明星，过气的倒是有一大把。只是这世界上，不想大红大紫的年轻艺人还是有很多的。十几岁就要决定自己的一生，那似乎太冒险了。所以还是有很多人像岑亦湛一样，跟他签一份短期的合同，把那些琐碎的事务交给他处理。

奇妙的是他在业内也略有薄名，人脉和消息源都非同一般。在到来之前，他就跟岑亦湛说了，"夏鸣和陈易合伙开了间影视公司，也并不一定是要炒红你，而是要用你给宫莹莹搭桥，本质上是互利互惠的，除此之外，夏隼佑也给了你一些资源，那个比较珍贵。"

宫莹莹是陈易工作室的艺人，已经出道许多年了，最近才靠一部热门电视剧有了热度。岑亦湛根本不知道她是谁，搜了搜照片，只觉得长相倒是挺清新的，是个漂亮的小姐姐。

按照约定时间，岑亦湛走进会客间，夏隼佑正和露露一起对着那段视频啧啧称奇："真厉害！"

"她是体育生吗？"

"不是，学经济学的。"

他嚼着棒棒糖，下巴抵在桌子上，边看视频边忍不住地乐。

景云的学校第二天就发布了安全通告，虽然没有指名道姓，但

那些校友却疯狂地赞美着景云的"英雄事迹",也不知道是谁从哪儿弄来了监控录像,岑亦湛看到后,简直心惊肉跳:她一阵狂奔,在与那贼还有一段距离的时候,突然扑了上去,两个人一道在地上滚了好几圈。

好在其余的男生很快就赶上来了,制住了那贼,景云则从地上爬起来,没事儿人一样地拍了拍裤子,理了理头发,就跟着他们浩浩荡荡地走了。

有个粉丝众多的娱乐号突然把那段视频转了出来,于是一夜之间,微博上就多了好几条热搜:微光时代岑亦湛、见义勇为伊景云、易祺坤私自演出……这些排名都很靠后,第一名是一个女星的街拍。

夏隼佑一向不爱看热搜,唯有这次是例外。都一个上午了,他还津津有味地看着那些讨论。易祺坤他们用简陋又贴心的办法给了岑亦湛该有的荣耀,那些来自现场的视频和合唱,就是年轻人该有的样子。岑亦湛的姐姐粉们则攻占了景云的评论区:

不愧是打过虎仔的女生,这身手,可真够矫健的!

话说虎仔这个外号应该让给她才对?

那岂不是成了母老虎?哈哈哈!

而景云依然孜孜不倦地回复着:我没打!不要私自给我取外号!

最神奇的是,她竟然还有个应援团,在评论区里控制着评论:有关景宝宝的辟谣请点击这里。还望大家不要打扰景宝宝,我们景宝还是学生,不参加娱乐圈纷争,勿扰,谢谢。

隔着屏幕,夏隼佑都能想得到那群女孩子闹腾的样子。其实景云才应该当个明星,这话题量比很多大牌明星还要多,关键是她根本不按常理出牌,勇敢得令人惊讶。

见岑亦湛来了,夏隼佑才放下手机,却还是抑制不住脸上的笑意,问:"她没事吧?"

"受了点小伤。"岑亦湛揉了揉额头,其实还是气得不得了。

"易祺坤呢?"

是指私自带着整个团为他参加模拟比赛的事,不管怎样,属于私自在外面表演。岑亦湛说:"好像也没事。"

露露笑吟吟地端了一杯水过来,他们在《微光时代》的录制现场见过一次面,知道岑亦湛不喝酒也不喝饮料,只喝水。岑亦湛礼貌地接了过去,夏隼佑再次问露露:"我真的不能转发这条微博吗?"

"你就不要闹了!陈易姐看到该没收你的账号了,真的想玩你去注册个小号啊!"

"注册了,但想不起来账号是什么了。"夏隼佑抓了抓头发,露露说:"你不是自诩记性很好的吗?"

"记性好也不会用在这种事情上啊!"

岑亦湛默默地望着他,不说话。他总是对他不礼貌是有原因的,夏隼佑私底下实在是个太幼稚的人,比普通的男孩子还要幼稚很多的那种,口袋里永远塞着巧克力和游戏机,不是在吃糖,就是在玩游戏。

但没有多少人知道,他们两个人关系还挺好的。

退赛离开的那一天,岑亦湛出乎意料地跟夏隼佑同一个航班。头等舱里人不多,两个人的座位隔着一个走道,空姐似乎跟夏隼佑很熟悉了,正跟他聊着什么。他一个人背着一个双肩包,像是放暑假回家的学生一样,一点儿架子都没有。

"你的助理呢?"岑亦湛有些讶异。

"逛街去了。"

"啊?"

"打折季!上海有家商场大促,他们就跑过去玩了。"

其实岑亦湛想问的不是这个,但看他的表情,似乎原因也不重要了。

只有深入接触过夏隼佑,旁人才能明白,巨星究竟是怎么一回事。他随意而谦逊,根本不需要那些曝光率和数据。在《微光时代》的拍摄现场,只有他真心实意为选手着想,而其他的几个当红明星导师,只在镜头对准自己的时候才摆摆样子。夏隼佑对节目的要求很严格,连灯光和舞美都看在眼里,时不时跟摄像师凑在一起商量着镜头的布局。总导演自然是很尊敬他的,但连那些打杂的工作人员都对他毕恭毕敬,就足以说明很多事情了。

"你干吗非退赛不可?"飞机起飞后,夏隼佑才探过身问。

对于夏隼佑,岑亦湛不得不说出实话:"我不走的话,易祺坤就得走了。"

"但你走了,易祺坤就不得不签约了。"他望着岑亦湛,缓缓地说,"这个时候他被淘汰了,其实还有机会跟唱片公司接洽的,否则就只能和其他选秀组团出道。"

岑亦湛瞬间呆住,《微光时代》的节目组有一家娱乐公司,进入复赛的人必须要签"卖身契",那合同苛刻,纯粹就是在剥削新人,岑亦湛有选择,可是其他人没有。听到夏隼佑的话之后,他就怔在那里,完全没想到还有那种办法。

他们都太年轻了,他、方采嘉,其实都在自以为是地替别人做决定。

他跟宋涤尘说的那段话并不是矫情而已,选秀节目,其实根本不在乎那些男孩子,反正想当明星的人到处都是,长得好看的、略有才华的、家境不错的……每个人都有自己的特点,然而,每个人都平庸至极。

"跟易祺坤聊过了吗？"在飞机上，夏隼佑问他。

岑亦湛摇了摇头。

夏隼佑便叹息一声，道："解释清楚比较好。"

"嗯。"

那之后，很长一段时间，两个人都没有再说话。岑亦湛茫然地望着窗外发呆，夏隼佑则低着头看剧本。直到飞机快要落地的时候，他才开始收拾东西，把厚厚一沓打印纸和那些乱七八糟的文具都塞进包里，然后戴上帽子和太阳镜，他突然问岑亦湛："你想当明星吗？不是靠噱头和炒作的那种，而是认认真真做点事的那种。"

"我还不知道。"岑亦湛老老实实地回答，"好像比较麻烦。"

"做什么不麻烦呢？"夏隼佑笑了，之后又拍了拍他的肩膀，"等你想明白了，可以来找我。"

岑亦湛当然也知道这句话的分量，多少人求之不得，他有些惊讶，却还是一脸平静，看着他收拾好背包站起，哼着歌走出了机舱。

在工作室里，夏隼佑就更是一副懒洋洋的样子了。他的工作室装修得像咖啡馆一样，到处都是舒服的沙发和桌椅，窗边摆着植物，书架也塞得满满当当的。即便是"过气艺人"，大明星的团队也还是忙得不可开交。大厅的打印机和复印机嘎吱嘎吱地响，员工们面带微笑地接着电话。电脑上是一张又一张的图片，不管是工作室的照片，还是别人无意间拍下的照片，似乎都要精心修饰。有些桌子上堆着各种各样的邀请函和信件，连一个个拒绝，都需要花时间。

"想明白了吗？"

待露露离开后,夏隼佑才忽然问。

岑亦湛没有回答,只是想起把录制好的伴奏母带送到节目组的那一刻,易祺坤的经纪人有些尴尬地解释:"你最近负面新闻太多了,节目组怕影响……"

其实根本就不是经纪人的意思,而是节目制作人的意思。岑亦湛望着对方为难的表情,顷刻间就做了决定:"那你告诉阿坤,我太忙了,没空来。"

那一刻的滋味他是不会忘记的,你竭尽全力想为一个人好,却成了那个人的负累。无论心里有多苦,你都不能说,最惨的是,根本没有人愿意听你说。

不过,他们还是补偿他了。想起琴馆的那些尖叫声,岑亦湛不经意地弯了弯嘴角。

就这样,夏隼佑彻底明白了,说:"从现在开始,你就要努力了。"

房门忽然被打开,一群人雄赳赳气昂昂地走了进来,为首的自然是陈易,她越发的严肃,双眼透着精明,跟在她身后的则是夏鸣。岑亦湛意外地挑了挑眼睛,倒是没想到她会那么漂亮。

另外还有两个中年男人,评估性地打量着岑亦湛。岑亦湛也不动声色地望着他们,再没见识,也知道他们才是有决策权的人,也说不清他们身上有什么不一样的东西,就是能给人带来压迫感。

"哇!居然一个人就来了!好可爱!"夏鸣率先惊叫起来,坐在夏隼佑旁边,用胳膊戳了戳他道,"你看看人家!再看看你!走到哪里都是一堆人跟着,没劲!"

"你偏心也有个限度好不好?我走到哪里都一堆人跟着又不是我情愿的!再说,我明明也经常一个人到处乱晃啊!"夏隼佑不满地说,之后指着夏鸣对岑亦湛道,"你要当心她哦,她就喜欢欺负美少年。"

"不许败坏我的名声！"夏鸣嚷嚷着，又冲岑亦湛眨了眨眼。

真正踏入娱乐圈的时候，其实还是会紧张的。选秀的时候岑亦湛也经历过这种场面，跟导演或策划人开会，浩浩荡荡坐满一屋子人，每个人都在心里盘算着你几斤几两，值不值得这个价格。那是很让人反感的场面，但那毕竟是小打小闹的综艺节目，跟现在不一样。

现在这个才是大场合。陈易、夏鸣……这些能叫得出名字的人，才是这个行业的核心，他们可以翻云覆雨，让你从此星途一帆风顺，或者布满艰难险阻。

陈易跟那两个男人进来一小会儿就走出去了，不久后露露开门进来，做了个"OK"的手势。在岑亦湛还没有反应过来之前，夏隼佑站了起来，几大步走到他面前，把一沓打印纸递到他面前，道："剧本。"

"我还没有答应……"

"你必须得答应。"他诚挚地说，"相信我，你不会遇到比这次更好的机会了。这个圈子可能真的糟得不能再糟了，但依然有一大堆人在为梦想而努力着。踏踏实实做点事，你成就了他们，他们也会成就你。可能将来你会找到你的价值所在，也可能找不到，但是去试一试，比什么都强。"

岑亦湛瞠目结舌地看着他，他手插着口袋，几乎是居高临下地在跟他讲话，岑亦湛依然还没弄清他究竟厉害在哪里，这一刻却被镇住了，一句话也说不出来。他认真的时候，跟平常是不一样的，那才是真正的夏隼佑，景云崇拜的那个人。

"回去让你的经纪人准备好合同。还有，对我姐要讲礼貌！你要是不听话的话，她有一万种办法能吓哭你，我可没夸张！"

他朝身后指了指，夏鸣则吐了吐舌头，道："不好意思，以后就要欺负你啦！"

对一个新人而言，出道的第一部电影，是夏鸣导演的，似乎是比获得什么选秀比赛的冠军还要有影响力的事。

他们捧他捧得太明显了一点，在其他还未敲定的情况下，就先宣布了岑亦湛参演的消息。那是一部合拍电影，四个导演，一人贡献一个故事，瞄准的是情人节的档期。岑亦湛的戏份只是其中一部分——他们还是有分寸的，不至于让一个还不确定演技如何的新人去担当主演。

接受采访时夏鸣也直言不讳地说："我不需要他有演技，我只需要他好看而已！"

这句话，自然又在网上引起了足够多的争议。

而电影的名字就叫《本色出演》，看起来像戏谑一样。官方微博上只挂着一句红底黑字的宣传语：爱是本色出演，是坦诚相见，是一个真实的人，遇到另一个真实的人。

"我的天哪！岑宝宝的地位是不是稳固了？"望着那张颇有冲击力的图片，秦简有些惊讶，回头问景云，"你之前说夏家那姐弟俩喜欢他？"

"稳了"，当然是相对"不稳"而言。选秀节目如过江之鲫，突然有了知名度的新人也到处都是，可是绝大多数都像过眼云烟，很快就被公众遗忘了。

这一年横空出世的新人也不少，岑亦湛在其中并不算最瞩目的，而这些新人的共同点都是：年轻、外形还不错、拥有一定程度的个性，以及没有任何作品。

然后就像打响了发令枪一样，他先走了一步。

"有机会，跟能抓住机会，是两回事。"景云面不改色地说。

她也说不出心里有什么感觉，只能让自己像平常一样，以平常心聊起岑亦湛。

"女主角好像是宫莹莹？"

"啊？你怎么知道？"

"网上有人扒出来的，"秦简指了指电脑，道，"宫莹莹的工作室发了张微博，照片里放在一边的包好像是夏鸣的。"

景云盯着那张图片看了半天，才呆滞地说："就一个拉链！粉丝到底是怎么看出来是夏鸣的包的？"

"说是古董包，现在根本买不到，是顾琳当年用过的，拉链上有道划痕……"解释到一半，秦简自己也崩溃了，无奈地摊了摊手。

宫莹莹是女生会喜欢的那种女星，清新、文艺，景云曾经瞄过几眼她演的电视剧，印象里演技不错，人也柔柔弱弱的。她的粉丝都称呼她为"宫主"，人数众多，而且十分团结。首次涉猎大银幕，跟一个选秀出来的新人搭戏，自然是有些不满的，觉得他配不上和他们偶像搭戏。不过旋即宫莹莹就亲自发微博回应：**不许吵架哦！**

真是个不错的姑娘。

"我跟你说，你一定要抢占先机，这样就不会被动了！"小溪突然推门进来，一脸严肃地说，"我们帮你想了几个新标签，你可以自己挑一下……"

景云最近一看到小溪就抱头鼠窜，她本来就被那个"母老虎"弄得烦躁得不行，小溪完全是火上浇油。而且整个宿舍楼都沉迷其中，见到景云就开始捂嘴笑。连其他学院都知道学校里有个身手不

凡的大一新生,特意跑过来围观。校友群里到处都是她扑倒小贼的动图,害得景云连手机都不敢打开。

"'小野猫'怎么样?"小溪一本正经,秦简则抱着肚子狂笑不止,景云怒目大喝:"滚!"

之后她拉开门离去,都走下楼了,还能听到秦简和小溪的笑声,她们两个站在窗前继续嚷嚷着:"那战斗天使呢?"

在岑亦湛忙得不可开交的时候,景云也有一大堆事情要做。统计分析课要求提交一份根据数据判断购买力的作业,旁人都选了最普通的那些,只有景云另辟蹊径,决定拿唐代的经济数据来分析,但真正写起来,才发现远没有她想的那么容易。她在图书馆翻阅了一大堆书,想要从衣食住行四个方面来分析当时居民的购买力,结果光货币换算就忙了大半天,最后崩溃地发了条微博,谁知道评论区却认真地讨论起来:

是大一的购买力计算吧?唐朝很难算的,得把锦帛布匹一起算进去才行。

宋朝会不会容易一点?

也很难说,南宋北宋两个世界啊!

啊!这个题目我做过,等我去翻翻电脑!

真不愧是姐姐粉。景云佩服得五体投地。

忙到头昏眼花,根本没精力想别的事了,宋涤尘的电话却突然打了过来,说:"我有事情跟你说。"

自从在餐厅一别,他们再也没有见过面,宋涤尘是个有分寸的人,主动找她,多半是正事,景云略微思索就说:"下周可以吗?有个论文要忙。"

"好。"

4

再次见到宋涤尘，景云才发现秋天已经到了，他们特意约在两所学校之间的咖啡馆，他穿着一件深灰色的毛衣，外套搭在椅子上。而景云也穿着短靴和夹克，都是新买的，纯黑色。

她一坐下来宋涤尘就扬了扬下巴，说："挺像的。"

"什么？"

"岑亦湛啊，他好像喜欢这种类型的衣服。"

景云顿时就脸红了，说："冬装不都是黑色的吗？"

宋涤尘只是笑了笑。

人总是在不经意间就变成自己喜欢的人的样子，就好比宋涤尘以前做功课时很喜欢转笔，景云遇到了比较难的题目后，就也开始下意识地转笔。岑亦湛喜欢那种凌厉的装束，在挑选新衣服时，景云就下意识地看起了深沉的颜色。

当然了，价格还是有差别的。

她放下包问："你还好吗？"

"还好。"宋涤尘身体前倾，将胳膊搭在桌上，才道，"前一阵子我回了趟家，见了岑亦湛推荐的律师……"

看到景云迷茫的神色，宋涤尘才皱了皱眉，问："他没跟你说？"

"没有。"

"好吧。"宋涤尘低头搅拌着咖啡，想了半天，还是略过了有关岑亦湛的部分。岑亦湛实在是个不善于解释的人，好像无论做了什么，既不邀功，也不炫耀，是个可靠的男生。不过他们俩的事……跟宋涤尘没有关系。

宋涤尘言简意赅地道："总而言之，岑亦湛推荐了一个律师给

我,我让我父母去找了他,他一听就接下那个案子了。十一的时候我们跟岑家的律师见了一面,但岑家的律师更厉害,这个你应该猜到了。"

景云点了点头,坐下来耐心地听着,问:"然后呢?"

"双方拉扯了半天,岑家的律师才给了和解协议,你猜他们报价多少?"

"以什么名义谈的呢?"

"名誉损失、构陷。"

景云沉思片刻,两个人都不是法律系的学生,但她也知道,这些都是可大可小的民事纠纷。宋涤尘的爸爸只是个小人物,何况根本没立案,找律师起诉,只不过是权衡阶段的手段罢了。

她不确定地说:"五万?"

"少了一个零。"

景云霎时间呆住。

宋涤尘目不转睛地望着她,眼睛几乎发出了炯炯的光,他道:"你跟我想的一样,对吧?"

景云不出声,只是点了点头。五万,是打发,五十万,就是心虚了。

岑华胜究竟做了什么,宁可大出血,也不愿让人深究?证监会还在调查格隆的财务数据,这个时候多一桩官司肯定会引起证监会的注意,所以宋涤尘在这个时候找律师。但岑华胜是个吝啬鬼,这是小城里人人都知道的事。他们虽富,却口碑尽失,连带着小孩子都知道要离岑家远一点,这才是景云会警觉岑亦湛的原因。

想到岑亦湛,景云顿时茫然起来。

宋涤尘看了她一眼,立即说:"我叫你出来就是想问问你的意见,这件事我没办法跟别人讨论,我父母一窍不通,周围的同学又不知道来龙去脉。你要是也觉得有问题,我可能就会研究当年究竟发生什么事了。"

"我帮你!"景云脱口而出。

宋涤尘瞪她:"别犯傻了,这件事跟你有什么关系?你掺和进来的话,岑亦湛怎么办?"

"我会跟他说清楚。"景云道,"事情是跟我没关系,但你跟我有关系。你还记得我们为什么要学经济学吗?我们当时商量得清清楚楚,就是为了世界更公平一点,才选择经济学的。我一辈子就想弄清这么一件事而已,就算我们现在没什么关系了,你也没法阻止我!"

"一辈子?你才几岁,哪来的什么一辈子?"

景云根本不理会他的奚落,只是道:"小尘,你一个人忙不过来的,让我帮你……"

"还是不了……"他垂了垂头,取过外套,站起来说,"你回去好好上你的学吧,早知道不跟你商量了。"

"你既然叫我出来商量了,就知道我一定不会袖手旁观的。"景云一大步挡在他面前,望着他说,"想想你父母,他们就你这么一个儿子,你万一出点什么事……"

她说不下去了。

这件事与感情无关,只与公义有关。财富也不知道从什么时候起,就变成了权势与邪恶的代名词,诚然,财富对社会的贡献是巨大的,但也没有到可以只手遮天的地步。宋涤尘的爸爸只不过是个笨拙的工人罢了,但景云和宋涤尘不是。他们长大了,饶是如此艰辛,也总算长大了,他们是未来的社会栋梁,是这个国家的支柱,有责任,也有能力去跟一切不公抗争。

景云从来就不想当什么养尊处优的小公主,从认识宋涤尘起,她的目标就是去当那个跟恶龙缠斗的人,不管怎么样都不认输的人,为了别人而去抗争的人,让这个世界变得更好一点的人。

她一动不动地望着宋涤尘,宋涤尘也望着她,旋即才说:"你知不知道你在做什么啊?"

"知道。"景云缓缓握紧拳头,并笑了笑,说,"我要去屠龙。"

岑亦湛居住的地方是个挺知名的小区,景云去过一次,就彻底记住了。下午三点多,正是安检最放松的时候,一个保姆模样的人提着超市的生鲜纸袋进去,景云便趁机跟了进去。岑亦湛住在高层,一梯一户,静得不可思议。楼道里有扇窗户正对着蓝天,景云蹲在那里,怔怔地想,好像最近是去香山看红叶的季节。她还记得来北京之前,在本子上一条一条写下要做的事,其中有一条是跟宋涤尘一起去香山。据说秋天的香山特别美,枫叶变红,姹紫嫣红。每年只有那么短短几天会绚烂到极致,错过了,就只能等第二年了。

景云想在第一年就看到,这样,往后的岁月再提起就没什么遗憾了。

而现在正是香山最美丽的日子,她既没有时间去香山,也不会跟宋涤尘一起去。喜欢的人从一个变成另一个,这是怎么发生的呢?跟那些红枫一样,是在不经意之间,还是在一瞬间?而爱情本身是像树一样恒久存在,还是像秋天一样转瞬即逝,错过之后,就要等待很久?抑或像日食,一辈子只能见到那么几次,完全凭运气?还是像陨石,其实大部分人根本没见过,只知道它的存在?

景云忽然格外疲倦,把头埋进臂弯。

下午四点,电梯门打开,刚好是岑亦湛下课的时间。

虽然已经接了演艺圈的工作,但夏鸣还是勒令他要去学校好好上课。影视类学校跟普通院校不一样,尤其是表演系,除了文化课之外,大多是体力课,要进行肢体训练、台词练习。学校里不少已经成名的明星,过的日子却跟别的同学没什么区别,都是一下课就只想回去睡觉,累得要死。

看到景云,他呆了一下,旋即就欢喜地微笑起来,问:"你怎么在这里?"

喜欢你的人,一见到你,就会忍不住笑出来。

景云忽然想到这句话,缓缓站起身来,望着他亮晶晶的眼睛。他跟她一样都穿着黑色的皮衣、长靴。宋涤尘说得对,她的确是开始像他了。

岑亦湛几大步走到门前,道:"我们家的锁用指纹也可以打开的,下次不要在外面等了。"

他伸出手,按了按钥匙孔下方一块平滑的面板,门应声开启,"嗒"的一声,非常轻盈。他让她先进去了,才把包丢在地上,对着门边的一个控制器研究起来。

"学校还好吗?"景云闷闷地问。

"有什么好不好的呢?学校都一样。"

"表演系,美女不应该很多吗?"

"我对美女又没什么兴趣。"他道。

回归学校之后,他家里的设置似乎也变了,客厅里加置了一台放映机,玄关上则摆着几本戏剧理论书籍。景云好奇地翻了一会儿,听到岑亦湛道:"过来。"

"嗯?"景云走了过去,岑亦湛拉起她的食指,放在触摸板上,景云呆了一秒,就下意识地收回手,道:"录我的指纹干什么?"

"下次你自己进来啊!"他理所应当地说。

"你怎么可以随便录别人的指纹?万一丢了东西呢?"

岑亦湛皱了皱眉,环顾房间半天,才说:"你想拿什么随便拿好了,也不用刻意来偷。"

景云的脑子卡了一下,根本不知道该怎么回应。而这时候食指的信息已经录入系统,他握着她的手,又分别开始录入大拇指、中指、无名指、小指。录入系统读得很慢,指腹、指侧、指尖都要读取才行,他便捏着她的指头,耐心而温柔地等待着。

他就站在她身后,紧挨着她,景云扭头,看到他专注的表情,忽然就不忍起来。

"好了,以后你可以随便出入了。"

岑亦湛将一整套指纹都存进了档案,然后新建了一个用户身份,景云看到他在"J"的字母上犹豫了一下,之后就换成了"L",敲下"lover"这个单词。

心就在一瞬间倏忽收紧,景云几乎喘不过气来。

岑亦湛已经走到冰箱前,问:"你喝什么?"

"水就好。"

景云咬了咬嘴唇,深吸一口气,说:"你知不知道,《宏观经济学》里有个概念,丧失信心的工人不属于劳动力?"

"哇,今天话题这么大吗?"岑亦湛惊诧地看了她一眼,才道,"你继续说。"

他划开了一扇门,景云才发现那里是个步入式衣柜。当然了,他那堆衣服总得有地方放。

好像是回到家,要换轻便的衣服一样,景云听到衣服摩擦的声音,就背过身去,走到落地窗边,宛若背书一样大声道:"劳动力就是指可以参与劳动的人口,在《宏观经济学》和《统计学》里,劳动力都是最重要的概念之一,劳动力的数据和比例都关系到一个国家的就业形势和经济前景,劳动力缺失的话,对经济的影响很大……"

岑亦湛换好衣服出来,一头雾水地望着她。她紧紧地揪着背包袋子,语气忽然就怅然起来:"我本来以为信心不足是主观词汇,就是说,对自己没有信心,后来才发现那是个很明确的概念,是指那些丧失了工作能力,或没有工作意愿的人。比如说受了伤、变成了残疾人,或者就是干脆放弃了人生,宁可乞讨也不想再工作。"

说到这里,岑亦湛再傻,忽然也明白了。他正在沙发上换鞋子,动作渐渐就慢下来了,坐直身体,安静地望着景云。

景云回头,看到桌子上有个小盒子,而岑亦湛也并没有换成舒适的家居服,而是穿了件衬衫出来。

"你……"

"本来想带你去吃饭的,现在看来应该不必了。"

他侧着头,用手撑着额头,沉思半天才问:"是又怎么了吗?"

"你爸爸……"

岑亦湛举起手来,示意她不要再说下去了。

天色不知道什么时候就暗了下去,房间里有几盏灯自动亮起,吓了景云一跳。景云鼓足勇气才走到岑亦湛旁边,在地毯上坐下,仰面看着他。他睫毛低垂,一遍遍地咬着唇,想了半天才问:"很严重吗?"

"我们还不知道。"

"我们?"

"对,我们。"景云坦荡地望着他,目光坚定而明确,"你现在是受过委屈的人了,应该能明白的对不对?他们会为你鸣不平,可是没有人会为小尘鸣不平,我不想让他孤军奋战……"

岑亦湛凝视她许久,才侧过头去,不知所措地咬着手指。

看到他那副彷徨的表情,景云才把头枕在他膝上,喃喃说:"岑亦湛,原谅我,我得帮他。"

他低头望着她的后脑勺,忍不住把手插入她的发间。她好像连颅骨的形状都比别人精巧,真奇怪。

岑亦湛抚摸着她的头发,隔了一会儿,才俯身吻了她一下,道:"那你去吧。"景云抬头,茫然地注视着他,他很牵强地笑了一下,说:"你知道我最喜欢你是什么时候吗?"

她摇了摇头,他便浅浅地笑了一下,道:"那次公开课,你在前面听课,我在后面看着你,其实那个教授讲了些什么我根本就听不懂,只知道是跟扶贫有关。我想了很久,也不知道那些事情跟你有什么关系,你家境不错,我是知道的,以你的能力来说,将来你会过上很好的生活,你聪明,也漂亮,小尘也是,可是你们两个对这些东西都没什么兴趣。我想了很久你们究竟想要什么,想到现在也没想出个结果,我只知道跟你在一起很快乐,非常想就一直这样下去。你也不用答应我什么,就这样时不时见个面、吵吵架,好像也挺开心的……"

"岑亦湛……"景云哑然地望着他,也不知道该怎么称呼他,好像想不到什么更亲昵的称呼了。

房间里越来越暗,她已经看不清他的脸了,只能听到他低沉的声音:"我爸是坏人,我也知道,你不用管我,去忙你的就好。"

那些传说都是真的,为了一个两块钱的打火机讨价还价也好,剐蹭了别人的车子后当街吵架也好……他父亲就是那样一个人。

景云把脸埋进他的手里,终究还是哭了,温热的眼泪让这个房间更加冷清。他也不知道该做些什么,就那样捧着她的脸颊,手指在她的耳旁划过,温柔地抚慰她。

哭够了,她才站起来擦了擦眼泪,望向桌子上的那个盒子,道:"是送给我的,对不对?"

"嗯。"

"贵吗?"

瞎子都知道那是首饰,景云也不想在一边伤害别人的时候,一边收下名贵的物品。可是他找了那么久,她得带走了他才会高兴。

即便是这样的时候,岑亦湛依然能被她逗得笑出声来,很轻浅的一下。他说:"不贵。"

"那我就拿走了!"景云故作娇蛮,打开看了看,是一条项链,便递过去,小声恳求,"能不能给我戴上?"

她背过身去,岑亦湛打开搭扣,绕过她的脖子,重新把搭扣合上,然后抱住她,下巴沉于肩颈,良久,才说:"你会回来找我的,对吧?"

那语气,简直就是卑微了。

"会的。"景云拉着他的手指承诺。

"那我等你。"他说。

那是一条小小的地球仪项链,深蓝色,外面是一圈浅金色的圆环,用手指碰一碰的话,地球仪还能转动起来。

第一次见到的时候,岑亦湛就觉得是景云会喜欢的小玩意儿。

但其实，那个时候他还不怎么认识她。项链是在芝加哥的一家小店发现的，觉得很别致，就买下来了，一直扔在抽屉里，也不知道意义何在，前几天才突然想起来，找了半天才找到。

其实在见到她的时候有很多话想要说的，这马不停蹄的一个月，整个娱乐圈仿佛都压了过来，几乎每天都要见各种各样的人，从一个摄影棚到另一个摄影棚，拍了很多照片，是为了以后给媒体宣发用的。夏鸣对他很好，特意带着他东奔西走，去了拍摄场地，跟摄影师一道拍下照片，商量着镜头和画面；见了宫莹莹和编剧，逐字逐句地推敲着台词，还见了服装和道具组的人，与他们研究着衣服和角色之间的关系……

忙完这一切，夏鸣才问："现在你知道电影是怎么回事了吧？"

岑亦湛不大确定，但还是点了点头。

"那就重新看一遍剧本，这次代入电影人的视角，好好想一想，镜头会怎么拍，你要怎么演。"

她还特意介绍了一位老师给他，好像是曾经教过夏隼佑的。那个老师跟他说，表演，模仿的其实是情绪。人在各种场景下不同的反应，最后都通过身体体现出来，如眼神、面部肌肉、手。岑亦湛还在学着控制，到了这一刻，才发现根本控制不了。

他们都没有说过，真正难过的时候，人其实是没有什么反应的，除了呆呆地坐在那里之外，好像什么都做不了。

景云离开很久后，他才打了个电话给家里的律师，问："我爸那年到底干什么了？"

"不是说过让你别打听吗？不关你的事。"

许律师是个冷酷而严肃的人，在高二那一年他就领教过了。

但现在的岑亦湛，不再是当初那个懵懂茫然的小孩子，他淡淡地问，"会坐牢吗？"

"还不至于。"

"也就是说，真的做过什么了？"

许律师没有回答，岑亦湛便挂了电话，之后又打给妈妈。

而他妈妈一如既往地研究着家里的大小节日，絮絮叨叨地说："你生日要怎么过啊？要不要回家一趟？我想去北京看你来着，但你外公病着，最近走不开……"

"不用来了，你在家里忙就行，等我有空了就回去。"

"拍电影好玩吗？岁岁也想当明星呢！每天在电视上找你。"

岁岁是岑亦湛的一个表妹，才四岁，他笑了半天，说："让她先长到一米再说。"

"你还别说，小孩子其实长得很快的，才一两个月不见就高了……"

她热切地聊着家长里短，浑然不知可能会发生的一切。她是个单纯的女人，将来若是发生什么事，岑亦湛得竭尽全力保护她才行。

可是他能做到吗，对现在的自己来说？

要是像他们一样就好了，景云、宋涤尘……岑亦湛仰面望着窗外渐沉的夜，想到记忆深处那个永恒的夏天，可乐的气味和蝉鸣声，以及一阵又一阵的风。

莫欺少年穷。岑亦湛忽然想到这句话。因为少年们都会长大的，曾经束手无策的两个人，如今变成了有能力的成年人，这好像是一件特别值得高兴的事情。

只是……岑亦湛和那一年的自己一样，孤单极了。

第十章

就想追你一辈子,你有意见啊

想要更多一点点的,可以让彼此都觉得温暖的东西,那个被称之为爱的,让人生能够丰富一点的东西。想要一点点安全感,下一次难过的时候,可以直接告诉她,希望她能陪着自己。

1

"你疯了吗？怎么能跑去跟他说这些事情？"

一听完景云的描述，秦简就瞪大眼睛，震惊地望着她道："你们两个好不容易才在一起，你怎么能回去找小尘？"

"跟感情没有关系！"景云也焦躁地说，"我必须帮小尘做完这件事情。"

"那你干吗非要告诉岑亦湛不可？"

"因为我不想骗他啊！我想让他知道发生了什么事，想让他知道我在想什么！"

"我的意思是说为什么是你去告诉他！"秦简崩溃地揪了揪头发，道，"你就没有想过你说完那些他有什么感受吗？"

"想过了啊！但我不能因为喜欢他就放弃自己的原则啊！他又不是小孩子，你追星也得有个限度好吧？"

"你觉得这是追星的问题吗？伊景云，你是猪脑子·啊？"秦简一大步向前，隔着眼镜瞪着景云说，"我是在为你着想好不好？你到底明不明白你干了什么？你在拿你的感情冒险！还是为一件毫无意义的事情！"

"怎么会毫无意义呢？小尘的爸爸被冤枉了那么多年，半辈子都被毁了，我们现在求个公正而已，你居然觉得毫无意义？如果这样的事情毫无意义，你们又为什么要给岑亦湛一个惊喜？难道不是因为觉得不公平吗？"

"你们两个烦不烦啊？要吵出去吵！"

舒静忽然大叫一声，景云和秦简都停了下来，怒目望着对方。这是两个人第一次吵架，景云上大学之前就听说了住宿生活会很麻

烦,大大小小的恩怨会让大家客气如陌生人,不得不小心翼翼地提防着。遇到秦简,她一直觉得是她人生最幸运的事情之一,结果如今却为了这件事吵翻了天。景云不明白秦简为什么那么生气,秦简也不明白景云在做什么,两个人大眼瞪小眼半天,秦简才拉开门离去,说:"你就瞎折腾吧!到时候失恋了继续抱着你的言情小说哭!我倒是要看看你能折腾到什么时候!"

"我又没有抱着你哭!你管我呢!"

秦简大步离去,钻进小溪的宿舍,那个房间热闹得很,平日里那些收到岑亦湛礼物的女生都兴奋不已,商量着要怎么给他一个惊喜。

想到这里,景云自己也困惑了,她们在想办法逗他开心,而他最喜欢的那个人却忙着让他伤心,这么做,真的是对的吗?

但景云做不到袖手旁观。

小学的时候,她遭遇过一次麻烦。是在放学的路上,有个老太太坐在路边,似乎很不舒服。景云下意识地就想去帮忙,却被同学拉住了,说:"你会被骗的。"

那是整个社会人与人之间信任感最低的时候,电视上到处都是老人碰瓷的新闻,所有的家长都教导小孩子不要乱管闲事,景云思索再三,还是说:"万一真的病了呢?"

他们都担忧地望着她,她独自朝那个老人走过去,就像她那些聪明的同学预料的那样,她刚碰到她,那老人就歪倒在地号叫起来。三四个成年人也不知道从哪里拥了过来,指责是景云撞倒了她,让她赔偿。景云被一大堆人围着,回过头时才发现那些同学早就不见了。过路的行人好奇地观望着,完全是看热闹的表情。景云很冷静,第一时间报了警,并打电话给父母。在等待他们到来之前,其中有个大人推了景云一把,景云跌坐在地上后很快就站了起来,她不客气地说:"你想要诈骗就诈骗,但是不能打我!"

"我打你怎么了?你还能还手不成?"那个男人的脸,景云一辈子也不会忘记,他一步步逼近景云,而旁边的人就那么看着,虽然也有一些人比较担心她,但更多的则是抱怨,说:"这个小姑娘真是不要命了!""现在的小孩子讲话怎么这么粗鲁?""要不然怎么叫熊孩子呢?"

他们就那么看着她被欺负,还指责她没有礼貌,不够"聪明"。那一幕,她永远都不会忘。

幸好警察和妈妈都及时出现,景云的妈妈到了后不慌不乱,四处看了半天,才说:"那边不是有监控吗?查查就知道了。"

那几个人顿时就有点心虚了,却还是说:"不管怎么说,你们家小孩总是碰了她吧?"

妈妈顿时就笑了,说:"你们不是说没看到吗?不是说刚才都不在现场吗?怎么知道我女儿碰了她呢?"

"我们听别人说的!"

"谁?叫目击证人过来好了。"

景云一直站在妈妈旁边,紧紧地拉着她的手,折腾到晚上,两个人才从警局离开。景云一直绷着没有哭,到只剩下她跟妈妈了,才眼泪汪汪地哭了起来。妈妈蹲下来给她擦眼泪,笑眯眯地说:"怎么能因为这种事就哭呢?"

百口莫辩的滋味,她不是没有尝过。正是因为尝过,她才这么努力,她从小就立志要成为一个有责任感的人,不能对恶视而不见,如果没有人阻止,善良和正义就会失去容身之地。她深深地热爱着这个世界,爱着那些花、那些草、天上飘过的云、夜里闪亮的星、

太平洋深处的巨鲸以及潘帕斯高原的雄鹰……徐徐的风穿过壮美的山河大地,把时间轴拉长一点,从冰河时期算起,到如今,人类经过了那么漫长的岁月才来到今天,打过猛犸象、发明了飞机、从地表到太空,并不是为了让那些自私冷漠的人为了一点蝇头小利才坚持至今的。

得守护好这个世界才行。

最重要的是,之后景云的父母为了那几个无赖,忙了整整小半年。在景云最内疚的时候,妈妈依然跟她说:"下一次碰到了你觉得对的事,还是要做才行,有什么事,爸妈给你撑着。"

景云何其幸运,她又怎么会不明白?

所以,她才希望自己也能够给别人带来一点幸运。

她揪着颈间的项链,一遍遍地转着那颗蓝色的小球,心里想:你会明白的,对吧?

不然,你怎么会想到送一个这样的礼物给我呢?

岑亦湛生日那天,整幢宿舍楼都倾巢而出,喜欢岑亦湛的那些女孩子几乎全都去了,只有景云在图书馆,整理着格隆集团的财务报表。

连续几年的报表打印出来,还是蔚然可观的。景云一一用文件夹装好了,之后摆在面前。手机振动时景云才点开,看到岑亦湛问:**你为什么没有来?**

景云思索了一阵才回复:**功课忙。**

刚发完就懊恼了,她垂着脑袋想,这是什么鬼理由啊?

正准备撤回,就收到了岑亦湛的回复:你还能想到更敷衍的借口吗?

景云对着手机笑了一阵,才敲下:我妈妈不让我出门。

这次岑亦湛却没有回复,她还以为他生气了,等了半天,又把手机放下了。

其实真正的原因是她跟秦简还没有和好,不知道该怎么跟她们一起出发。那些女生为岑亦湛应援的活动从头一天开始就已经准备了,确认生日蛋糕会准时送达,确认鲜花会准时送达。据说她们特意跟夏鸣打过招呼,而夏鸣也答应了。小溪邀请景云的时候,景云有些尴尬地看了秦简一眼,秦简冷漠地转过头,景云便只好说:"我今天有事。"

小溪也没有在意,跟其他女生哈哈大笑道:"肯定是单独约好了吧?""那我们晚上早一点离开好了!"

图书馆里一如既往的安静,景云刷了一会儿微博,看到她们从片场发来的图片和视频,前去应援的人出乎意料的多,除了本校的学生外,还有另外一个应援团。剧组的工作人员也很配合,连夏鸣和宫莹莹都出来跟她们打招呼了,视频里的宫莹莹浅笑嫣然,完全就是一个明星该有的样子,她很客套地说:"我们之前都是单独拍摄的,今天第一次在片场见面,我都不知道是他生日,早知道就准备好礼物了。"

被问起岑亦湛表现如何,她也笑盈盈地答:"他很认真。"

"哼!虚伪!"景云把手机倒扣在桌面上,之后继续看报表。

明明就是嫉妒了吧?嫉妒每一个此刻在现场的人。

景云忽然觉得自己很失败,好像真的把原本都很美好的生活搞得乱糟糟的,秦简不理她,宋涤尘不理她,如今连岑亦湛也不理她

第十章

了。虽然怎么想都是自己活该,但认真核算那些数字的时候,她心里还是有种很踏实的感觉。

并不是毫无意义地荒废着时间,而是切切实实地在做着什么。她的爱豆夏隼佑说过,人生总有那么一个时刻,会觉得世界只剩下自己一个人,像潜在深海一样。

"但是一旦穿过那样的时刻,就会觉得全都是值得的。"

景云还记得他在访谈里说起这段话的样子,那是在酒吧事件之后,他消沉了两三个月才重新出现在公众的视线中,一出来,就是长达两个小时的深度访谈,被问到为什么会参加这个访谈的时候说:"因为信任。"

被他保护的女孩子捡到了他的手机,他的手机既没有密码也没有指纹防护,整个公司都做好了手机里的内容全部曝光的准备,结果那个女孩除了把自己的手机号码存进去之外,什么也没有做。

"她跟我说,希望我不要删掉她的号码,一想到自己的手机号能在明星的通讯录里就觉得很开心。"讲到这里,夏隼佑很温柔地笑了一下。主持人问:"那你删了吗?"

"没有。"夏隼佑笑着说,"那个号码对我来说就是信任的标志。公众人物当久了,任何人都习惯防备所有人,尤其是在自媒体时代,但那一天,我忽然觉得信任是很可靠的东西,能给人带来不可思议的安全感。我觉得我收获了一份很珍贵的礼物,所以也想把那份信任传递给别人。"

又开始走神了。怎么忽然想起这些事情来了呢?

景云回过神来,专心致志地看着打印纸上的数字,这时却有个身影走了过来,景云抬头,看到方采嘉一脸诧异地问:"你怎么在这里?今天不是岑亦湛的生日吗?"

"不太好意思去。"景云道。

方采嘉笑了笑,一眼瞥到打印纸上的"格隆"二字,才皱了皱眉,问:"你在干什么?"

"看财报。"景云咬了咬嘴唇,思来想去,把前因后果大致跟方采嘉讲了,方采嘉问:"岑亦湛知道吗?"

景云点了点头。

方采嘉思考了半天,才在景云对面坐了下来,拿过一份文件夹,翻开。

景云吃惊地看着她,她却说:"我觉得你没错,不过你自己要弄到什么时候啊?"

不等景云反应,她已经放下手里的书,从文件袋里掏出便笺和笔,一页页地翻看起来。

信任,果然是世间最珍贵的东西。

只有到了片场,岑亦湛才能明白夏隼佑所说的,那种梦想的力量。那个剧本可能真的是为了他量身定制的,剧情很简单,几乎没什么发挥空间。夏鸣是个美丽的大女人,岑亦湛完全没有不礼貌的机会,夏隼佑多虑了,因为根本就没有人能抗拒夏鸣的魅力。她总是像对待弟弟一样对待他,耐心地跟他讲戏。宫莹莹因为档期的问题,稍后才出现,但也始终很温柔地配合着他。

在岑亦湛的人生里,这么热闹的时刻其实是很少的,虽然家族聚会时人很多,也很吵,但那毕竟是社交场合,充满虚伪和客套,一种毫无意义的吵。

第十章

而剧组,剧组是一个无数人在为同一个目标而努力的地方。

灯光师和布景在角落里商量着画面,摄影师和场记测试着拍摄轨道,演员们各自在一角背着台词,助理们跑来跑去地送茶送水送饭……每每看到这样的场景,岑亦湛就会感动起来,也希望自己能做点什么,贡献自己的一点力量。

但其实他的戏份并不多,每天下课,再加上周末,随便拍拍也就拍完了。

《本色出演》并非岑亦湛和宫莹莹主演,而是一部联合制作电影,由四个导演合作,各自拍摄一个爱情故事,另外三个班底比他们大牌得多,宣传上要层层推进,所以才先派了他们两个年轻人出来。

生日那天他们要拍的是外景,岑亦湛根本没想到秦简她们会出现,更没有想到,还会有其他人出现。是上次在琴馆跟他庆祝的另一个学校的女生。两群女生一碰头就喜滋滋地聊起天来,夏鸣也特意给剧组放了半天假,任由她们玩闹。

那个时候,岑亦湛忽然就想起他十七岁的生日,是在伊利诺伊州度过的。人生第一次独自过生日,妈妈特意打了电话过来,说是想要来看望他,但爸爸不许。其实岑亦湛明白,他爸爸是不忍心让妈妈看到自己生活的情景,他们父子两个,在哄妈妈这件事上似乎出奇地默契,他便佯装无所谓地说:"跟同学约了出去庆祝,一会儿就要出门了。"

学着成长、学着懂事,这件事好像也并没有那么难。如果宋涤尘和伊景云可以的话,那么他也可以。回头想想,他才发现他们影响了自己那么多,如同平行线一般,在各自的人生道路上缓缓前行。一度,他以为那两条线相交了,如今才发现,还是没有。

"景云呢?"岑亦湛问秦简。

"你自己去问她咯!"秦简说。

结果得到的却是那么敷衍的答复。

至少这一次,岑亦湛是真的有点儿生气的。

玩闹了一阵子之后,女生们就离开了,剧组却还要继续工作。路灯亮起,他们要拍摄的是吵架的场景。一对情侣出来旅行,中途车坏了,两个人便互相指责,在荒郊野岭分开。岑亦湛看过剧本,知道多年后他们会再次相遇,他还爱着她,她也爱着他。所有的得不到,最终都是因为太年轻,不知道对方只是一个普通的,甚至平庸的人。

爱是本色出演,但我们总是在爱情里粉饰着不完美的自己,对着镜子研究过的自认为有吸引力的角度、不经意的笑容和对视;知道说哪句话对方会高兴,什么话题是她喜欢的;怎样控制说情话时的语气和距离,甚至连肌肤相触的力度都考虑过。

可是演技并不能让感情更多一点儿或者更持久一点儿,总有一天演不下去了,于是就到了崩盘的时候。

"我跟你说了这辆车不行了!你为什么总是不听我的呢?"

这是情侣间常有的对白,宫莹莹揪着头发,疲倦地在路边大喊。岑亦湛则不耐烦地打开车盖,检查引擎,道:"是你非要省钱的!当初不肯租那辆车的也是你,如今抱怨的还是你,你到底有完没完——"

"停!"夏鸣忽然叫了一声,跑过来拍拍他的胳膊,说,"我需要你更烦躁一点儿!拿出你虎仔的气魄来,不要看莹莹这么温柔就不肯凶她!"

"可是……"岑亦湛抓着头发,很尴尬地说,"我们才第二次见面……"

这句话好像有点儿熟悉?

岑亦湛想了半天,才想起是景云曾经说过的,第二次见面就表白,和第二次见面就吵架,又有什么区别?

想到景云,岑亦湛忽然一阵沉默。宫莹莹很谅解地说:"没关系啦,你慢慢来,必要的时候我可以想办法惹你生气。"

开什么玩笑,他才不是对女生大吼大叫的人。这个世界上也只有一个人能让他生气而已。

但想到那个人,他就真的生气起来了。把钳子扔到一边,最后得到的结论是:演戏真难。

根本就没空陪她发那些无聊的消息,跳过那些你来我往的步骤,跟她在一起。

爱是本色出演。

那一幕拍了整整两天才结束,谁知道,之后的却是更难的情节。

吵架到女生离开的时候,夏鸣想要拍到他悲痛到窒息的眼神,必要的情况下,甚至想拍到他的眼泪,岑亦湛却死活演不出来。

连续三天都在为那五分钟的剧情而死磨硬泡着,岑亦湛也不确定自己是不是失败至极,让所有人都失望了。他好像根本就不适合当演员,还有太多东西要学,抑或是他们高估了他,他根本不是什么天生的明星。

对自己的不满和怀疑一股脑儿地袭来,却只能一寸寸地熬着,熬到最后越来越糟了,纯粹是机械式地卡着走位,连宫莹莹都有些疲倦了,问:"我们要不要明天再拍?"

"不行,今天必须拍完。"夏鸣忽然大步走到车边,将头探进来,对岑亦湛一字一顿地说,"你给我听清楚了,这个镜头你拍不好,你就一文不值,我才不关心你家里有没有钱或者星途顺不顺利,我只知道你拍不好,伊景云就不会喜欢你。她喜欢的是有实力的人,像夏隼佑那样,你往后人生里几千个日日夜夜,每一天,每一秒,你都在后悔为什么这个时候不能把这场戏拍好,给她一点儿能让她骄傲的东西。"

岑亦湛彻底呆住了,那是夏鸣第一次用这种语气跟他讲话。她还是妖艳又精致,长发梳到脑后,露出漂亮的额头。水滴形的耳环就在她脸颊两侧晃荡着,可是她表情,完全就是威胁。

"你……"

"你得不到她,你明白吗?"夏鸣忽然揪住他的衣领,望着他的眼睛说,"她根本就不爱你,她喜欢的是别人,脑海里想象的幸福生活里根本就没有你的位置,你再怎么努力她都不会看你一眼,你希望的那种生活,你的那些幻想、盼望,对她来说根本不值一提,饶是你想她想到发疯她都不在乎,她不爱你,你明白了吗?如果你不够好,就不会有任何人爱你!"

虽然听到一半的时候岑亦湛就反应过来她在调动他的情绪,但在这个心力交瘁的夜晚,岑亦湛还是不知不觉就颤抖起来。也不知道是因为此时此刻的夏鸣太具震慑力,还是因为她说的话,都是事实。他的喉咙动了动,手握成拳头,大拇指的指甲狠狠地扎在食指上。他目不转睛地望着夏鸣,几乎快喘不过气来,很想开口说点儿什么,却连开口的勇气都没有。

想到景云,他就能明显地感觉到自己的慌张,甚至能感觉到哽咽。他的心脏像是被人狠狠揪住一般,残存的理智不停地提醒他这是在

拍戏,夏鸣是在激怒他而已,但他还是不能抑制地难过着。那的确是事实,伊景云,可能根本就不喜欢岑亦湛。

"哭!"夏鸣女王一般地勒令道。

"不可能……"岑亦湛咬着嘴唇,愤怒而倔强地望着她,虽然他的眼睛早就湿润了,双眸也绝望地暗了下来。

演员就是出卖自己,你的惶恐和尊严,在这里都不存在,什么不允许自己当众大哭也好,男儿有泪不轻弹也好,最后都只能被打破。也许她说的是对的,岑亦湛就是一文不值,就应该待在别人的身后听他们聊天,看着他们笑。他们的人生里的的确确没有他的位置,都那么久了,她还是会不顾一切地回到他身边去。

夏鸣站直身体,居高临下地望着他,过了好久,才不易觉察地笑了一下,回头大喊:"重来一遍!"

原来夏隼佑并没有骗他,她真的能直接吓哭他。

可是……那些话,他还是当真了。

最后一次拍摄的时候,岑亦湛已经不记得周围的人在干什么了,只是兀自坐在那辆并不属于他的车里,闻着诡异的皮革味道,望着宫莹莹远走的身影。

那天是外景,天格外冷,但是为了拍摄出来的镜头好看,大家穿得都很单薄。岑亦湛的衣服是剧组提供的西装外套,那种很普通的毛衣和衬衫,廉价、落魄,冷风从车窗的缝隙钻进来,沿着衣领钻进他的身体,靠近心脏的地方。

他就那样呆坐着,想起很久之前,在伊利诺伊州的时候,车子也遇到过抛锚。那是在美国的第六个月,圣诞节假期结束,看完了《裂隙》,岑亦湛有很长一段时间都停留在雨声里。再回到美国后,觉得整个伊利诺伊州都如电影里那个大烟囱一般,无处可逃。

可是他必须得想办法自救,学开车、学英文、学着与人打交道。从他居住的地方到芝加哥,足足八十多公里的路,沿途都是破败的街道,他不敢买太好的车,就跟美国的高中生一样买了一辆二手车,周末独自开去芝加哥,结果半道上车却坏了,他绝望地坐在路边,等待有车辆经过,但始终都没有等到。最后他不得不对着手机搜索,试着自己去修车。

他记得那是一个清晨,网络信号不好,一个页面打开要等待半天,他对着图片一一确认车内的零件,试图搞清楚工作原理。以他的知识储备来说那有点儿困难,但后来,还是靠自己把车修好了。

引擎发动的那一刻他兴奋地叫了一声,很想跟谁击掌,但环顾四周,整条路上依然只有自己。

被囚禁在一座塔里和被囚禁在四通八达的马路上,究竟哪一个更惨?在太小的地方,人们会无处可去;然而在大的地方,人们却不知道该去哪里。

曾经想过,如果能追到景云的话,就带她去伊利诺伊州看一看,告诉她,自己是怎样在那样的日落里思念她的。

也想过跟景云一起走过她母校门口的那条长街,拉着她的手,听她聊起那些有趣的话。

渴望如同猫爪一样,总是在寂寞的时候挠着他的心,喜欢一个人,怎么能那么卑微呢?岑亦湛想不明白,正如同他想不明白,为什么一想到景云不爱自己这件事,就慌张到不知道该怎么办,以后的人生应该怎么办。

他将脑袋伏在方向盘上,小声地呜咽着,觉得好像没办法再坚持下去了。

整个片场就这样静了下来,其实大部分镜头都已经拍完了,但夏鸣没有喊停,大家也就都不敢动。摄影师依然在拍摄着,他跟夏鸣合作了好几次,深知夏鸣的风格和能力,刚才有几个镜头,实在是漂亮极了。但此时此刻,他还是同情起岑亦湛来。

"岑亦湛……"夏鸣突然探头,伸手摸了摸他的头发,他转过头,看到她无比温柔的脸。她歉疚又眼含笑意地望着他,轻声说:"去找她吧。"

"嗯?"岑亦湛根本没明白过来,夏鸣笑了笑,把一件男士大衣从车窗塞了进去,又问维利要来一条围巾,说:"你的景云小朋友,其实是个特别简单的人,虽然她看起来骄傲得不得了,但她想要的,都是那些很小的东西。把你的想法全都告诉她,她会明白的。"

"你怎么……"

"我见过她。"夏鸣笑着说,"她是个很可爱的女孩子,而你也是个很可爱的男孩子,你们应该在一起快快乐乐地生活下去。去找她,现在就去!"

岑亦湛迟疑了几秒,才坐直身体,踩下油门,沿着马路飞快地往前开着。

夜里十点,冷风呼啸着而过,冬天蛮横地到来了。

景云刚洗完澡,出来后才发现手机闪烁着,已经有好几个未接电话了,好像有什么重要的事找她似的。她接起,听到岑亦湛气恼地说:"下楼。"

景云还以为他在为她没有去参加他的生日会生气,"哦"了一声,才裹紧羽绒服跑下去。正式入冬后,她就有些低烧,脑袋昏昏沉沉的,刚走到楼道,就冷得战栗起来,牙齿咯吱咯吱碰撞着,头发还没干透,仿若被突然送去了西伯利亚一样,大脑都被冻结了。

而岑亦湛就站在上次的屋檐下,倚着墙,一动不动地站着,留下一个寂寥的剪影。

搞不好此时此刻全北京的人都在室内躲风,只有他一个人这么面无表情地站在风口。他不冷吗?

景云颤抖着跑到他面前去,纯粹是为了躲风,见他一脸的不高兴,才抬头问:"你怎么了?"

"喜欢你。"

"我知道啊!"

"非常喜欢你。"

他有点儿悲哀地说。

"你怎么啦?"景云已经冷得开始原地跺脚了,逆着光,她也看不清岑亦湛的表情,所以根本没有觉察到他的失落。她牙齿打战,感觉头发都快结冰了,脑袋昏昏沉沉,连骂人的力气都没有了,只想早点儿回宿舍,便说:"我保证之后会跟你道歉的,不过没给你庆祝生日是有原因的,还有,我现在真的好累,能不能让我回去睡觉……"

"不行。"岑亦湛拉住她,不肯让她走,她吸了口气,把手缩进袖子里。岑亦湛那时才发现她披散着头发。

好像还是第一次见到她把头发放下来的样子,白皙的小脸越发小巧,看起来温柔很多。一路上,他在心里打了无数草稿,结果还

是什么都不敢说，怕惊扰到她，像第一次见到时那样，因为不够温和，就错失了那么多年。

从头到尾总是考虑着她的感受，每一句话都小心翼翼的，不管是无聊的笑话还是不经意的表情，在心里设计过了，才敢表现出来。每次她看向他的时候都会心虚，急忙别开目光，那样的行为，在旁人看来，可能就是自大吧！有太多话想说，却全都忍住了。本来以为现在这样也可以的，这个夜晚却不觉得了，脑子里只有气恼和委屈。

岑亦湛觉得他把毕生的智慧都用在追求伊景云这件事上了，结果她还是不懂，还是要跑去跟别的男生做什么伟大的事情，她絮絮叨叨地说："你改天怎么生气都行，但今天实在……"

好生气哦！她到底什么时候才能安静下来？

岑亦湛忍不住捧起她的脸，低头吻她。

景云雯时间瞪大眼睛，"实在太冷了"这句话还留在唇边，结果就被封死了，嘴唇刚好微张着，完全给了他一个可乘之机。

她望着他身后墨黑的天空和路灯微弱的光，整幢宿舍楼都静悄悄的，一到冬天，每天兴奋异常的女生都变得安静下来，偶尔传来笑声，也都变得很轻。听觉一下子就变得很敏锐，楼上有人开门关门，偶尔有流水声。远方的风带着整个粗暴的冬季一起出现，撕扯着这个安静无声的夜晚。她也不知道该怎么回应才好，手指茫茫然地拉着他的衣角，思考最多的问题是：这个时候应该闭上眼睛吗？

脑海里仿若过了一个世纪之久，他才放开她，声音低沉地说："我就是真的很喜欢你，非常想要跟你在一起，一想到你就觉得很孤单，也不知道该怎么样，才能让你多喜欢我一点点……"

岑亦湛咬了咬嘴唇，很想把那些难过的时刻全都分享给她，在美国的时候也好，在公交车上的时候也好，在一个人的暗夜里也好。

爱是一个真实的人，遇到另一个真实的人。

而真实的自己，就是一个孤独得无药可救的、百无聊赖的、脆弱不堪的人，他想把那一面呈现给她。

想要更多一点点的，可以让彼此都觉得温暖的东西，那个被称之为爱的，让人生能够丰富一点的东西。想要一点点安全感，下一次难过的时候，可以直接告诉她，希望她能陪着自己。

结果再抬眸，看到的却是景云茫然的脸，宛若死机一样，一动不动地站在那里。

"喂！跟你说话呢！"

"啊？"她赫然抬头，却在目光交汇的瞬间就低下头去，脸红红的，手指交叠。

等一下……

岑亦湛皱眉凝望着她，在那个吻落下之前，脑海里已经做足了准备，包括并不限于：被她打一巴掌、被她骂半天、她生气至少一周……结果她的反应却是，直接宕机了？

这就有点儿意思了。

岑亦湛伸手去捏她的下巴，道："看着我。"

"不要！"

她坚持低着头，死死地拽着自己的手指，岑亦湛忍不住笑了起来，站直身体，去勾她的下巴，她不停地躲避着，最后才拖长声音叫了一声："你好烦啊！"然后钻进他怀里，把脸埋进他的胸口，死活就是不肯抬头。

岑亦湛笑了半天，才用力抱住她，手碰到她的头发时才反应过来什么，问："冷？"

"嗯。"

第十章

怪不得一直在抖。

岑亦湛敞开衣服，把她整个人都包裹进去，衣服足够大，她又足够小，暖了半天，景云才缓过神来，小心翼翼地抬头，从衣领间冒出一张小脸来。

眼睛里是藏也藏不住的笑意，又害羞到了极限，以往那个又嚣张又骄傲的小女孩不见了，现在完全是个需要照顾的小动物。

"说你喜欢我。"岑亦湛望着她道。

她还是很狡黠，声音小小的："你喜欢我。"

"说，我也喜欢你。"

"我也……"说不出来，太害羞了。景云伏在他的胸口，深深嗅着他身上的气味，过了好半天才鼓足勇气，踮起脚尖，抱着他的脖子，把后半句话说完了，"喜欢你！"

岑亦湛只是笑，忽然之间就满足了，什么意义之类的都不重要，爱就是两个彼此喜欢的人在一起那么简单，他抚着她冰冷的头发，这才发现她脸颊滚烫，伸手摸摸她的额头问："病了？"

"有一点儿。"

望着楼梯门口那个"男生止步"的牌子，他只好说："那你回去吧，我明天早上再来。"

"嗯……"景云一脸不舍的神情，拉着他的手。他的手温暖而干燥，跟她截然相反。岑亦湛低头看了看她的手指，这才发现她还穿着拖鞋，整个脚都露在外面，逐渐就心疼了，俯身平视着她说："好好睡觉！"

"好。"

景云还是凝望着他，眼睛亮得惊人。他指了指自己的嘴唇，她犹豫一阵，才轻啄了一下。

好像还是这个景云比较好玩儿。

岑亦湛得意地笑着,正准备说什么,忽然有脚步声传来。抬头一看,才发现是上次的宿管阿姨,一见到两个人就"啧"了一声,问:"这是追到了?"

"应该是吧!"岑亦湛也不确定地说,再回望景云,她却已经松开他上楼去了。岑亦湛心满意足,对宿管阿姨说:"现在要努力存钱买个房子才行。"

"光存钱有什么用啊,得想办法赚钱才行,五环以内你们年轻人别想了,不过郊区还行,地铁也方便……"阿姨一脸热忱地讲述着买房经验,岑亦湛笑眯眯地听着,觉得连阿姨都可爱至极,忍不住就拥抱了她一下,高兴地说:"阿姨,你也早点儿睡,别冻坏了!"

"你这小伙子……"宿管阿姨望着他远去的身影,嘟囔着,"不就追了个女孩子吗,至于高兴成这样?"

至于的,非常至于。岑亦湛笑容满面地离开宿舍楼,只有亲历过,才知道那有多欢喜。你所有的孤独和茫然都迎刃而解,爱就是,从此有人与你为伴,不再让你孤单。

第十一章

爱你，我不客气了

　　你一点儿都不平庸，毕竟你是我喜欢的男生，对我而言，你就是一个闪闪发亮的人。

睡不着。

翻来覆去都睡不着。

景云一直睁大眼睛望着天花板，心怦怦跳得厉害，时不时把脸埋进被子里，连笑都要忍着，不能发出声音来。

很想跟谁分享一下这样的时刻，侧头望了望对面的秦简，却还是作罢了。她好像早就睡了，就算没睡，似乎也不好意思开口讲。

小说都是骗人的！明明就是……很奇怪的感觉！

以后要怎么办啊？自己就要成为明星的"绯闻女友"？

啊！爸妈要是知道了就惨了！

景云就这样欢喜又惶恐了一整夜，出了一个晚上的汗，脑袋也跟着清醒了一些，然后才突然回过神来，瞬间坐了起来。

他居然用祈使句跟她讲话？

与此同时手机屏幕亮了，是岑亦湛发来的信息：到了。

再看看时间，是早上五点。

疯了吧？景云小心翼翼地爬下床铺，匆匆梳洗了一下，才穿上厚厚的衣服出去，一小段路走得如同穿越北极大陆般吃力，旋即看到岑亦湛的车子孤零零地停在路边。四下望去，整条马路上一个人都没有，景云也不好意思叫保安开门，找了半天才找到一个看起来比较好翻越的地方，吃力地翻过栏杆。

"你有病啊？"一打开车门，景云就大叫起来，"还有！你昨天居然命令我！"

这是又恢复了。

岑亦湛笑了笑，把一个纸袋递过去，道："早餐！"

景云拉开车门坐下,谁知道岑亦湛又递过来一个纸袋。她诧异地望着他,他说:"不知道你喜欢吃哪种,就都买了。"

景云愣了半天,还是只有那句话:"你有病啊?"

有病的两个人,就这样坐在凌晨五点的校门外,天地之间好像什么都没有,宛若混沌时刻,只有启明星闪烁着,那么冷,又那么静。

而车厢内,暖气和灯光都开着,像小小的山洞。景云就是饥饿的原始人,在纸袋里翻了半天,一个是中餐,一个是西餐,思来想去她还是选了咖啡,整夜没睡,眼睛都快睁不开了,思绪却还是很亢奋,匆忙喝了一口热咖啡,才总算缓过来了。

"你是不是没睡觉啊?"

"嗯。"他倚着车窗,嘴角挂着浅浅的笑,眼睛亮晶晶的。

"为什么?"

"舍不得。"

景云笑了起来,侧过头看他,他已经洗了澡,换了衣服,头发还没有干透,有种湿漉漉的味道。车厢内是香皂的气息,夹杂着咖啡香,于是更像森林深处的炉火,几乎带有噼里啪啦燃烧的声音。

"很喜欢你的香水!"景云道。

"是吗?"岑亦湛有点惊喜,说,"回头送给你。"

"说到这里,我也给你准备了生日礼物哦!"她掏着口袋,翻找了半天,才找到那个小盒子,打开来,说,"手!"

岑亦湛把手伸过去,听到她一本正经地解释:"我听人家说穷玩车、富玩表,心想你也是个富人嘛!所以就给你买了一块表。"

岑亦湛无声地望着手腕上的米奇,道:"一百块钱的塑料手表?"

"什么一百块?两百九十八呢!你都不知道现在的儿童玩具有多贵,我一周的饭钱!"

"那还真是……让你破费了。"

戴好那块手表之后,景云就得意扬扬地笑了起来,抬头问:"喜欢吗?"

"喜欢。"

虽然聊着天,两个人却各自看着不同的方向,连对视都不敢有,好像一旦看到彼此,就只剩下傻笑。景云在纸袋里翻着食物,岑亦湛则侧头靠在椅背上,细长的手指在窗户上摩挲着。

但玻璃明明是能反光的,她在车窗上的影子虽模糊,却一样灵动。他用食指沿着她的轮廓移动,从乌黑的发,到丰润的嘴唇,以及修长的脖子。景云喝了几大口咖啡才平静一些,转头望向他,结果一眼就看到车窗上的自己。两个人的目光在车窗上交汇,岑亦湛才收回手指,拼命地咬住嘴唇,防止自己因那藏也藏不住的喜悦而笑出声。

"不许看了!"

景云红着脸大叫,佯装要下车,却又一把被岑亦湛拉了回来。她出门时太急,连头发都没梳好,细碎的刘海垂在额头上,慵懒的脸,却格外诱人。岑亦湛深深地凝望着她,犹豫了一下,才再次吻她。

这一次,景云闭上了眼睛。

那唇齿相依的感觉,或许就是爱情。她把手搭在他的脖子上,感受着他皮肤带来的温度。在冬天的黎明,那样的温柔让人温暖而眷恋。

许久后岑亦湛才放开她,摸了摸自己的嘴唇,尴尬地说:"苦……"

景云这才狂叫起来:"所以说,咖啡里到底为什么没有放糖?"

"忘了。"

"你傻啊?"

"下次注意。"

好像根本不是谈恋爱该有的样子。但也说不清,谈恋爱究竟应该是什么样子的。

"我如果是一个特别平庸的人,你会喜欢我吗?"岑亦湛忽然问。

景云故作诧异:"你是一个特别平庸的人吗?"

"好像是。"

景云侧头望着他,他一脸迷茫,很显然他不知道夏鸣的拍戏风格,景云却是明白的。她伸手揉了揉岑亦湛的脑袋,才问:"夏鸣欺负你啦?"

"啊?你怎么知道?"

"我们家佑佑天天吐槽,我当然知道了。"景云得意扬扬地说,忽然又好奇起来,"对了,宫莹莹漂亮吗?"

男朋友的第一个充满"求生欲"的挑战来了,标准答案当然是"没有你漂亮"。

只可惜他的女朋友异于常人,根本不买账,伸手就敲了他的脑袋一下,道:"睁着眼睛说瞎话!"

岑亦湛无可奈何地望着她,没办法,这是他在爱着的女孩子:狡黠、坏脾气、伶牙俐齿,还拥有一大堆莫名其妙的宏伟愿望,但都能说到做到的女生;一个当街追小贼的女生;想要沿着换日线飞翔、解救穷人、富有正义感、跑步飞快、花了"一周的饭钱"去逗喜欢的人开心的女生。

一个肯定不会让他无聊的女生。

他长久地凝望着她,很想趁此机会再次表达一下自己澎湃的感情,结果她先说了,"你一点都不平庸哦,毕竟你是我喜欢的男生,对我而言,你就是一个闪闪发亮的人。"

岑亦湛呆了呆，她漫不经心地吃着东西，看了看窗外开始出现的清洁工，才转过头，道："如果有一天你变得乏味了，我会让你重新发光的。"

串起来的话，很容易就能猜到他之前的生活了，试图想要帮忙，却被人误会了，被送去根本没有人认识的地方，一个人孤单地在学着成长。总算认识了一些朋友，是在选秀节目里，结果，连分享他们的快乐都不可以。其实在意的时候很多，但什么都没有说过。

这就是岑亦湛。

还有，她不允许他不快乐。跟她在一起，他必须得很开心才行。

岑亦湛则想象了一下被困在火星的自己，不可思议的是，她真的相信她能做到。

"说话要算数。"

"那当然了，我是个言而有信的人！"景云拍拍胸脯，才忽然想起什么。回过头来，才发现岑亦湛正勾着嘴角望着她，只好耸耸肩，换了严谨一点儿的说辞，"至少大部分时候是言而有信的。"

我是绝对不会喜欢岑亦湛的。

这条内容依然是景云微博里评论和转发最高的，在快要遗忘的时候突然又多了一大堆评论和转发。上午十点，财政学课程刚结束，手机就疯狂地振动起来。评论里全都是：特来考古！

经典微博打卡！

大型"虐狗"现场！

景云正在诧异，就看到秦简一脸惊喜地冲进教室里，举起手机

问:"真的吗?"

两个人选修的课程不一样,教室自然也不一样,景云皱眉:"什么真的?"

凑近一看,才发现是岑亦湛的例行微博。他有个粉丝注册了个ID叫"岑亦湛今天追到伊景云了吗",几乎在每条微博底下都攻占了最靠前的位置,从来都是只发一个问号,岑亦湛则经常回复:没有。

只有这一天,岑亦湛发了一个"耶"的表情。

"他正式告白了?你答应他了?"明明是在冷战状态,但这条重量级的新闻还是让两个人瞬间就和好了。

景云瞬间就绝望地捂住了脑袋,再看了一眼页面,紧接着尖叫起来:"这个ID怎么会是你?"

"一直都是我啊!你难道不知道吗?"

"我怎么可能知道啊?我从来就没看过他的微博!"

秦简却哈哈大笑起来,说了一句"我现在是不是该改名了"之后,又迅速收拢起表情,跟景云一道睁大双眼:"小溪该来了!"

两个人几乎是默契十足地从阶梯教室走出来,虽然还不知道小溪在哪里,但五分钟内出现是必然的。半个小时后,景云还有一堂必修课,她在脑海里飞快回忆着学校里人最少的地方,最后跟秦简得出了相同的答案:"实验楼!"

景云所在的学校有一幢很少有人去的实验楼,据说为了学术研究,里面拥有各类病毒和细菌。除了少数几个学科的学生外,其他人几乎都绕着走。趁小溪到来之前,两个人以最快的速度跑到实验楼,躲在门柱后面气喘吁吁地八卦:"完了,我这个学期该怎么办?"

"小溪,你是躲不掉的,赶紧想办法说服她就对了,实在不行派岑宝宝出马也行。"秦简推了推眼镜,一脸严肃,又问,"什么时候的事啊？"

"就这几天。"景云低头，忽然又羞涩起来，道，"本来想跟你说的，但是又不好意思……"

"所以是发生了什么不好意思的事情吗？"

秦简的眼睛亮了起来，景云立即翻了个白眼，说："麻烦你收起那些不合逻辑的想象力！"

"我的想象力一向是建立在逻辑的基础上的！"

望着秦简，景云还是忍不住感慨起来，天知道秦简不理她的时候她有多孤独，在念中学的时候，这种交际广泛、有幽默感又豪爽的女孩子是从来不跟景云打交道的，她们都觉得她迂腐，没有想到，上了大学后，她却遇到一个这样的女孩子，从来都只为她着想，想尽一切办法帮着她。

"我……"

景云正准备说什么，却看到几个学生提着一个透明的玻璃箱走进来，面无表情地穿过大堂，径直朝二楼走去。景云目不转睛地盯着那个箱子，倒吸一口气，问："刚才那个是实验用的小白鼠对吧？"

"你确定吗？我觉得是猛犸象。"

"什么？"

景云睁大眼睛，秦简却一脸认真，摸着下巴，兴趣盎然地说："你说在21世纪，人类有没有可能复活猛犸象啊？"

"为什么要复活猛犸象啊？"景云简直快崩溃了，但随即就放弃了，有点惶恐地说，"其实我也不知道将来会变成什么样。"

"有什么好想的啊？岑亦湛的话，应该就不用考虑什么沉重的现实了，他虽然看起来很冷漠，但其实挺细腻的。"秦简边玩着手

机边说。

"我不是担心这个,而是……"景云低下头去,想不出来该怎么说,最后道,"他是明星欸!"

"这个啊,那你就不用担心了。"秦简把手机递了过去,说,"看评论。"

景云接过去,翻了翻,看到的却都是祝福。

恭喜恭喜!

喜迎岑宝宝脱单!

记得要做个认真负责的男朋友哦!

对景宝宝好一点,目前看来你可能打不过她的。

请按时给粉丝发糖,想听细节!

景云大吃一惊,瞪大了眼睛。

都说偶像是不能公开恋情的,因为这样就不能满足少女粉丝的幻想,但看了岑亦湛的评论,秦简一脸骄傲,果然是理智的姐姐粉。她看了看时间,才说:"走吧,反正躲也躲不掉的!"

终究还是新人,恋爱这样的大事,也没有引起太多关注,以往还有节目组营销买热搜,如今有了公关公司介入,他更是低调得不可思议。反倒是"姐姐粉"这个词突然出现在了热搜上,排在热搜榜单第30名以下,根本没有多少人关注。

一个上午就这么安安静静地过去了,到了中午,小溪才终于逮到景云,喜滋滋地问:"他到底是怎么跟你表白的?有没有什么与众不同的手段?快讲讲!"

景云无奈地说:"你饶了我吧,我快困死了,让我睡一会儿!"

"你怎么啦?昨天晚上没睡吗?是不是因为激动?"

景云举手投降,爬到床铺上,戴上耳塞和眼罩。

好在小溪并没有打扰她太久,之后就出去了。景云睡了一个多小时,醒来后发现整个走廊都静悄悄的。景云洗了把脸出去,才发现她们都在小溪的宿舍,很小声地商量着:"目前好像不用控评,不过以后就难说了。"

"其实最麻烦的是虎仔根本不关心这些,这可不行,我得找他的经纪人商量一下。"

"现在没有也无妨吧?"

"现在就得准备好了,不然电影上映时根本来不及。"

景云呆呆地站在门外,据说明星恋爱是偶像失格,她也不知道是怎么跟岑亦湛走到这一步的,原本想着根本不需要什么承诺也没有关系的,但爱情……爱情好像从来都是藏不住的。看到小溪她们一如既往,景云心里还是感动了,也不好意思打搅她们,独自穿过偌大的校园去上课。

幸好是冬天,人人都穿得很厚,一到户外,就变得行色匆匆。进教室后,景云低调地找着位置,有几个女生捂着嘴巴窃窃私语,但也没有来打扰她。

事情是下午才变得棘手的,"姐姐粉"三个字也不知道为什么就升到了热搜榜第12位,距离下课还有十多分钟,小溪和秦简再次出现了。景云上的是心理学选修课,根本不占学分,她犹豫了一下,才打开手机,在群里问:又怎么了?

开始骂你们了!

小溪发了几张截图过来,景云才发现一个没有多少人注意的娱乐媒体转发了这件事，评论区却都是冷嘲热讽。

> 偶像谈恋爱？心疼粉丝！
>
> 才出道就谈恋爱吗？这是自断星路吧？
>
> 其实从一开始就是炒作吧？我觉得那两个人粉丝数都是假的。

如果只是这样倒也罢了，谁知道姐姐粉们为了证明自己是真实存在的，忽然开始购买岑亦湛微博里的一条推广。那是参加《微光时代》时的一个合作项目，某个服装品牌赞助了服装和道具，其中有一条手链，岑亦湛很喜欢，就自费购买了。绝对不算便宜的东西，姐姐粉们却几乎人手一个，几乎把官网的存货都买空了。她们也不炫耀，也不晒单，就那么默默地席卷了品牌网站，搞得公关行业和时尚行业的人都开始偷偷讨论。

眼见事态越来越紧急，夏隼佑忽然发了一条微博：同样都是粉丝，怎么……

完全没有指向任何人，他的粉丝却都明白了：佑佑你想干什么？**你不许想！**

我们也很好的！

景云皱了皱眉，茫然地看了看讲台，好在总算是下课了，老师在布置作业，选修课的学生可以先行离去。景云慌忙站起来，从后门走出去，有点儿焦虑地问："很严重吗？"

"不知道呀，我们找了虎仔一个下午了，他可能在拍戏，就没回复。"小溪紧张地说，"要不然我们凑钱找几个营销号公关一下好了！这种事情我们学生根本搞不定的！"

"不行。"景云十分坚持，咬了咬牙，说，"这样就正中他们的下怀了！被骂也就被骂了，我才不要跟他们沆瀣一气！"

"小姐，现在不是你有原则的时候！"秦简瞪着她说，"你们两个可以什么都不在乎,也得为《本色出演》的剧组考虑,万一引起什么麻烦,连累整个剧组就完了。"

景云这才想起什么,夏隼佑说过会让他开心到十二月为止,一月才进入宣传期。

能找他们吗?夏隼佑、夏鸣,或者徐橙?

但他们那么忙……

她茫然地望着灰白色的天,学校里的树木也不知道什么时候就连叶子都掉光了,视野所及是苍茫一片,如同荒野。

又过了两个小时,"姐姐粉"升至热搜榜第9位。

景云连食堂都不敢去,束手无策地坐在小溪的宿舍里。小溪的三个舍友也都很喜欢看八卦,只不过没有特定喜欢的明星罢了。聊起娱乐圈,全都如数家珍,一个一个举着例子,给小溪她们参考。秦简和小溪在一瞬间就化身岑亦湛的经纪人,商量着后续应该怎么办。景云则沉默地坐在一边,摆弄着颈间的项链,思来想去,才掏出手机,打开微博,一字一顿地敲下:我们没有在谈恋爱!

删掉,重新输入:不是我。

删掉,再次输入:没有。

秦简她们都讨论半天了,就是没有讨论到"否认"。其实那才是最常见的娱乐圈策略,无论什么时候,都是最有效的。景云知道她们是在为她着想,所以才没有提出来,这个办法,只能由她自己提出来。

但是一想到岑亦湛,就又做不到了。他看到的话,一定会难过的吧?

就在这个时候,隔壁宿舍的女生突然冲了进来,大叫道:"佑佑发微博了!"

那个女生跟景云一样,是夏隼佑的粉丝,只是类型不同。望着她苍白的脸,景云和小溪她们才纷纷掏出手机,紧接着就尖叫起来:"我的天哪!'夏柯'公开了?"

"今天晚上的微博要爆了吧?"

景云也删除了草稿,返回主界面,然后就看到夏隼佑回复了一个粉丝的留言。对方说:佑佑,你可不许有绯闻女友哦!夏隼佑却道:只有女友,没有绯闻女友。

两分钟不到,其他宿舍那些追星的女生都狂奔着来找小溪了,景云趁机离去,回到宿舍后一脸震撼,虽然早就猜到他迟早会公布的,但没有想到会这么快,而且,还这么巧。

那条微博很快就占据了热搜头条的位置,关注数超过两千万,评论数则以肉眼可见的速度变成十万。秦简震惊地问:"这是真的吗?"

"我不知道。"景云道。

其实那么模棱两可的发言,是为了新电影炒作也不一定,也或者就是逗粉丝玩,他经常这么做。但景云的心还是怦怦乱跳着,一个想法在脑海中一闪而过,就是不敢确认。直到秦简主动提起,"我说,他该不会是……为了掩护你们两个吧?"

"怎么可能啊?"景云下意识地反驳。

"可是现在完全没人关注姐姐粉了,今天娱乐圈没什么大新闻,他这么一发,全网的注意力都集中在他身上了。"

景云根本不敢细想,脑海里却闪过那个夜晚夏隼佑说过的话,"我会保护你们两个的""我的人生没法重来一遍了,我失去了什么只有我知道。可是你们还年轻,我想,可能给娱乐圈带来一点儿不一样的东西"。

你……

景云打开微信,试探性地发了条消息给他,他却回复了一大串的表情。

眨眼、礼物、烟火。

顷刻间,景云就明白了,眼睛一热,哽咽起来。

有你真好。

而对于这一整天的事,岑亦湛却全都不知道。一回到剧组他就抓紧时间补觉了,下午才被叫醒,匆匆吃了点东西,就开始补拍头一天的戏。外景的最后一天,无论如何也要把最艰难的那场戏拍完。

这一天比前日更冷,看到宫莹莹单薄的衣衫,他内疚万分,拼命地想着那些难过的时刻,脑海里却只有景云。夏鸣气得要死,凶神恶煞地说:"你!不许再笑了!请把那个叛逆、冷酷、无情的虎仔还给我!现在这个不是我要的男主角!"

"嗯?"岑亦湛抬头看了她半天,才反应过来,收敛起所有的情绪,一本正经地盯着面前的宫莹莹。结果却轮到宫莹莹捧腹大笑起来,手搭在夏鸣的肩膀上叫道:"导演,我不行了,还是分开拍吧!他现在这种状态绝对没法对戏的。"

"这就是为什么经纪公司不允许演员谈恋爱啊!一个个脑子里都是风花雪月,还拍什么戏!"

夏鸣崩溃地大叫着,不知不觉走到了一旁,岑亦湛望着宫莹莹露在外面的小腿,这才内疚起来,努力调整情绪,按照表演老师教导的那样,去想想那些悲伤的事。得暂时忘掉景云,把她装进一个

小盒子里,放在一边,再从回忆里调取其他的段落。

最后千辛万苦拍完了,夏鸣想要的日落也没有,可是身后的山间起了雾,有一种朦胧的美感。太阳像一个溏心蛋,渐渐沉入雾中。这是他十九岁的第四天,万分疲倦,却又十分欢喜的一天。

外景结束,众人这才开始收拾东西,夏鸣先带着两个演员离去。保姆车内,岑亦湛不知不觉又睡着了,夏鸣回头瞪了他一眼,才气恼地说:"怎么男生一旦喜欢上一个人就只会傻笑?一点儿帅哥该有的气场都没有了!"

"可是他笑起来很好看啊,之后室内的剧情,还挺适合这种状态的。"宫莹莹笑眯眯地撑着下巴,也回头看了一眼,说,"看得我也好想谈恋爱啊!"

"谈咯!"

"那可不行,陈易会宰了我的。"她百无聊赖地说,"再说,也没有人追我。"

"你去追别人好了!"夏鸣掩着嘴笑,道,"不过虎仔的那个女朋友还挺好玩的。"

两个人窃窃私语地八卦起来,司机则一路开着车。天色渐暗,车子就这样开进了黑夜,很长一段时间里,除了路灯,什么都没有。夏鸣还在絮絮叨叨地聊着,电话忽然就响了,她看了一眼屏幕,无比惊讶地说:"是我妈打过来的欸!"

接起,听了一会儿,她就睁大了眼睛:"什么?我不知道啊!你等我问问再说!"

挂了电话,打开微博,宫莹莹瞥了她一眼,问:"又是佑佑?"

"不然呢?"夏鸣刷新了半天,微博却始终打不开,她就知道,网络又被她那个弟弟搞坏了。打了电话给夏隼佑,听了一会儿,回头看了看岑亦湛，才说："好了，我知道了，我跟橙子说一声。"

这期间宫莹莹也开了微信，隐约知道发生了什么事，她转过头看着睡得正沉的岑亦湛，笑着说："我们这个圈子是不是只剩他一个人什么都不怕啊？"

夏鸣思忖了半天，才说："我觉得他肯定怕女朋友！"

宫莹莹捂着嘴巴笑了起来，回头看了看熟睡的岑亦湛，他歪着脑袋熟睡着，嘴角却还挂着笑。

终究还是个孩子。

这一年就这样闹哄哄地进入了尾声，有人结婚，有人离婚，有人生了孩子……然而再大的新闻，都比不上"夏隼佑有了女朋友"这条新闻。

后来景云才知道，其实他们早就筹备好了，陈易、工作室、公关公司、合作的品牌、制片，以及夏隼佑那些有话语权的粉丝。他沉寂了整整两年，解除和品牌方的合作、推掉剧本、偿还人情、调配电影的上映日期，其实都只是为了这一刻。暂时，他什么都不想要了，只想要思雅。暗示早在两年前的那个深度访谈里就说清楚了，被问起"怕不怕失去粉丝"，他说："曾经怕，现在不怕了。我觉得我能做的事情都做过了，这几年，我很努力地在陪着大家成长，但现在，到了该说再见的时候了。我希望他们能够有自己的生活，而我也想为自己生活一段时间。"

那是一个以犀利和一针见血著称的女主持人，凝望了他很久才问："你不怕孤独吗？"

他笑了笑，说："我一直都是个很孤独的人啊！"

再次听到这句话，景云还是忍不住眼眶一热。一年前，这个段落还被人单独截取出来，被批评矫情，而如今，却成了最关键的密码。娱乐账号和粉丝都把这张图片做成了海报，有秩序地刷着"愿你从此不孤独"。

"不行，我也要去帮忙！"小溪忽然站起来道，"他给我爱豆宣传过电影，有恩于我们家！"

"不知道为什么，看完还挺难过的。"秦简道，"我还以为像夏隼佑那种级别的明星，会过得很开心。"

景云没有说话，只是望着跟"切克闹"的对话框。他说：我是过不了那种生活了，但你们还来得及。

那种简单的、随心所欲的、自由的，在工作和学业的间隙，拥有一点儿空间和快乐的生活。不用太有名，也不用有太多钱，刚好在做着感兴趣的事情，为梦想而努力着，还年轻，还有创意和想象力，还在抗争什么，还有期待，还能去爱一个人。

大规模的脱粉，对夏隼佑来说，也不是一次两次了，但他是演员，就像他一直重申的那样，演员是要靠作品说话的。明年六月他的新电影就会上映，景云相信他还是有办法重新回到娱乐圈中心的。

除了珍惜之外，景云不知道该怎么感谢他了。必须要非常快乐才可以。

非常非常快乐才可以。

第十二章

相逢从来都不会晚

爱是不可或缺,是遇见,是彼此为伴。

1

整个十二月，岑亦湛都在夏隼佑的掩护下忙碌着，他的名字只在年终盘点时出现一次，仿若流星一般转瞬即逝，但实际上，整个娱乐圈都把最好的东西给他了，齐心协力地让他销声匿迹。

直到12月31日，"岑亦湛"三个字才再次出现在微博热搜榜单上，排名17，内容是：**岑亦湛坐地铁**。

小溪一脸震惊地说："他居然是坐地铁来的！今天得堵成什么样啊？"

秦简立即拍着桌子狂笑起来："救命！我们要不要去地铁站接他啊？我觉得他肯定找不到这里！"

"不要小瞧虎仔啊，虎仔在芝加哥的时候也经常坐公交车和地铁的。"每每提到岑亦湛，易祺坤都一脸欢欣，完全是聊起弟弟的那种神情，"虎仔很厉害的，其实很多事情都懂，就是没有机会表现而已。"

"他还会做饭哦！"易祺坤带来的一个男生说，他也是《微光时代》的参赛选手，名叫小火，是个爽朗的混血儿。

景云呆住，做饭……

"不过都很难吃！"易祺坤补充，大家这才再次笑了起来。

一群人在易祺坤某个朋友新开业的餐厅里坐着，只有岑亦湛和方采嘉还没有到。景云打开手机，在微博上看到岑亦湛乘坐地铁的视频，他就立在门边，穿着军绿色的斗篷和长靴，不被人注意到才怪。那些发现他的人都把他围在角落里，一个接一个地问："你是去看女朋友吗？""《本色出演》是不是已经拍完了？""夏隼佑是不是真的跟柯思雅在一起了啊？""宫莹莹私底下会不会耍大

牌？""阿坤他们什么时候出新专辑？"

岑亦湛一脸惊诧，但还是很耐心地回答："跟阿坤约了吃饭。""还有后期要做。""我不知道。""莹莹姐姐不耍大牌。""快了吧！"

景云托着腮，看着看着就笑了起来。他还是一如既往地没什么表情，眉毛微微蹙着，仿若不耐烦一般。但只有熟悉他的人才知道，他就是那样的一个人，别人问什么就答什么，不喜欢客套，也不擅长伪装，坦白又直率，果然还是他的姐姐粉最了解他，他就是个……随心所欲的"岑宝宝"。

看完视频，景云才切换到微信，问：到哪儿了？

还未等到他的回复，楼下就传来了一阵尖叫声，景云叹了口气，知道是他来了。只是上个楼梯而已，他却花了至少十分钟的时间。二楼被他们包了场，只有他们一桌客人。这是家别具一格的私房菜馆，老板忙完了就跟他们一道坐了下来，见到岑亦湛便道："哎？还挺帅的嘛！"

岑亦湛只是冲他点了点头，又笑着跟易祺坤打了招呼，才走到景云旁边，吻了吻她的脸。

"我说你，能不能不要一天到晚秀恩爱啊？"秦简故作恼怒地瞪着他，他很腼腆地笑了笑，说："忍不住。"

"虎仔恋爱后变得好可爱哦！"小溪说。

易祺坤却道："他在节目组的时候才烦人呢，每天打听我们学校的事，不停地问经济学究竟是学什么……"

秦简和小溪立即大笑起来，问："那现在搞明白了吗？"

岑亦湛摊了摊手："完全听不懂。"

景云也跟着笑，他脱掉外套，就跟易祺坤聊起了其他选手的事，一年到头了，大家似乎都在忙，景云知道他跟易祺坤很久没见面了，几个人聊起娱乐圈，完全像不小心闯入了成人世界的孩子一样，感慨万分。秦简和小溪都看过节目，也跟着一起聊，只有景云不大懂，专心地吃着东西。

其实这恐怕也是他可以随心所欲的最后一天了，1月1日起，岑亦湛和宫莹莹一起登上封面的那本杂志就要上市了，之后《本色出演》会进入宣传期，另外，那个汽车广告，应该也是最近发布。

他似乎还不知道那意味着什么，从网络到杂志，再到大银幕，完全就是搭着直升机飞升。

想到这里，景云忍不住拉了拉他的手，他侧过头看了她一眼，又笑了一下，才握住她的手指。

十指相扣，手腕贴着手腕，如同脉搏贴着脉搏一般，有种隐秘的相依为命的感觉。她小声问："你能待多久？"

"早上四点就要出门，得去拍个广告。"

岑亦湛简短地回答，易祺坤听到了，抱怨说："比我好多了，我十二点就得走，半夜三点的飞机。"

"采嘉姐怎么还没来？"小溪边说着，就开始拨打方采嘉的电话。电话铃声立即从楼下传来，方采嘉背着一个很大的皮包，缓缓地上了楼梯，径直走到景云面前，把一沓文件夹放下，景云纳闷地望着她，翻开有标签的那一页，望着上面特意被标出来的红圈，又翻了几页，才彻底呆住。

"我前几天顺便看了看，证监会就是因为这个才查格隆的账目的吧？"方采嘉道。

景云倒吸了一口气。

岑亦湛皱了皱眉，完全没搞明白，秦简则探身看了半天，才跟着坐正了："做假账？"

"不止。"方采嘉深吸了一口气,脱掉大衣,挽起袖子问,"有啤酒吗?"

老板连忙道:"这就去拿。"

她很疲倦的样子,在易祺坤旁边坐了下来,待啤酒上来了,喝了几口才彻底放松,又从包里掏出另一份文件,递给了易祺坤。

一桌子人,有一半都是学经济的,景云和秦简还是新生,不懂的地方居多,却也看明白了,连续五六年的数据都是有问题的。方采嘉特意把有问题的地方都标记出来,旁边备注了统计局发布的其他信息:原材料价格、工业指数、汇率。景云越看,眉皱得越紧,到最后才抬头问:"真实的结果你算了吗?"

"没有,我一个人算不过来。"方采嘉叹了口气,然后望向岑亦湛。岑亦湛茫然地看着他们,连小溪都看出来了端倪,忽然惊叫一声,"这个负债率又是怎么回事?"

经济学,就是有关钱的学科,而很多时候,钱就是数字。整数、负数、百分比、小数点……一整套的财务报表就像积木一样,只要有一个数字对不上,那么其他的也会摇摇欲坠。

景云犹豫着,还是拍了几张照片,发给了宋涤尘。他当然也看明白了,立即问:你在哪里?

景云把地址发了过去,之后才望着方采嘉,两个人还在用眼神商量着,易祺坤就抬起头来,对岑亦湛道:"你爸爸快破产了。"

"其实是已经破产了。"方采嘉道,"别忘了,还有证监会的罚款呢!"

在方采嘉刚开口的时候,景云就用力地握住了他的手指。我在这里。她望着他,希望他能明白,这一次,他不是独自面对这一切了。

2

跟数字有关的事,向来都是很严谨的,一个小数点打错了,就差之毫厘,谬以千里。建立在真实信息下的数字只需要核对,编造一套数字,却像脑科手术一样,容不得半点儿失误。

格隆集团在上市公司中只是个小企业,市值不过几十亿,在庞大的股票市场,根本不值一提,如同匿藏在丛林中的蚂蚁一样。普通的股民很少会细致地查看财报,即便看了,也未必能看懂,连续几年的股价波动,只会被当作运气不好,直到岑华胜开始抛售股票,开始套现,名曰扩大规模,但根据财报显示出来的结果,根本就不是那么回事儿。

绝大部分人都渴望成功,但很少有人知道什么才是成功。房子、车子……其实都是表面现象,在限量版劳斯莱斯的底下,也有可能是一个负债累累的空壳,很勉强地运转着,以维系岑华胜不堪一击又武断蛮横的自尊心。

景云茫然地站在路边,岑亦湛和宋涤尘则分别站在她的两旁,一个是她曾经喜欢的人,一个是正在爱着的人,却贯穿了她记事以来的大部分生活。她把手插进口袋里,望着漫天星光,说好的要一起跨年的,其他人却都先走了,马路边到处是正准备外出或者准备归去的学生,大约是因为太兴奋了,根本就没有注意到他们三个。

岑亦湛一如既往地戴上了帽子,垂着头,宋涤尘则点了烟,再次回忆了半天,才打破了僵局。

"所以,那一年,不是他不想赔钱,而是他根本没有钱赔?"

景云不敢说话,只是望了望岑亦湛,他垂着头,哑声说:"我

不知道。"

那一年他跟他们一样小,什么都不知道。只知道那辆劳斯莱斯是买来当宣传品的,那辆车难开又庞大,根本没人有兴趣,才成为他上学放学的交通工具。他爸爸跟人说起过,买了那辆车,就约等于在全球做了个广告。

但其实,那是他最后的挣扎手段吧?

他还是没搞明白发生了什么事,非常困惑,却还是问宋涤尘:"你准备怎么办呢?"

"我还没想好。"宋涤尘说。

景云还是第一次看到他们离得那么近相处的样子,截然不同的男生,一个浑身上下都透着优渥的气息,一个则有种豁达的智慧。原本应该是非常尴尬的场合,却因为更沉重的事情,忽然变得严峻起来。岑亦湛往前走了一步,望向宋涤尘道:"你继续跟他打官司好了,那是你应得的。"

"那你呢?"

"我爸爸那点钱跟我外公比起来根本不算什么,我妈妈有个信托,北京的房子和车子也都是我外公的,应该影响不到我。"岑亦湛咬了咬嘴唇,在这个氛围下,好像说什么,都有点儿炫耀的嫌疑,但那也是他的人生,他避不开的真实生活。

他看了看景云,问:"还够赔偿的吗?"

"这个不是重点,重点是证监会……"景云试图解释,宋涤尘却拉了拉她的袖子,打断她道:"够了。"

景云望了他一眼,他的目光则停留在他们紧紧握在一起的手指上,之后才又看向景云。

那个眼神景云看懂了,他在同情他,宋涤尘竟然同情岑亦湛。

"那就不用担心别的事情了,反正是他咎由自取。"岑亦湛完全没觉察到他们的目光交汇,有些尴尬地咬住嘴唇。宋涤尘熄灭了手中的香烟,仰头望了天空好半天,才困惑地说:"怎么突然就……"

"跟你们家的房子一样,债务越积越多,不停地拆东墙补西墙,导致要偿付巨额利息。"景云回忆着在财务报表上看到的内容,道,"其实工厂爆炸前账目就有问题了,所以才……"

说到一半,她赫然一呆,两个少年同时抬起头来,一瞬间就都明白了:保险。

放任工厂爆炸,就能够拿到保险公司的赔付,用以偿还银行的债务;而岑亦湛,则是因为翻到了保险单,才被送走。巨额赔付,保险公司不会说给就给的,那个时候,他们正在调查,岑亦湛的存在,无疑是个不安定的因素。

以及宋涤尘的爸爸,再那么呼吁下去,也会引起保险公司的注意。

一阵冷风吹过,三个人都没有说话。这一年的最后一天,以一个冷冰冰的场景完结了。他们都僵在那里,直到身后的餐厅开始新年倒数,才纷纷回过神来。

"新年快乐!"整条马路的人都呼喊起来,夜又长又冷,少年们却都不知疲倦,兴奋盎然地拥抱、祝福,尖叫声和笑声到处都是,唯独他们,一动不动。

待街道逐渐安静下来,宋涤尘才说:"我先走了,之后再联系你们。"

"小尘!"景云上前一步,等他回头,才说,"新年快乐。"

他微笑了一下,望着他们道:"你们也是,新年快乐。"

3

再一次见到宋涤尘的时候,是回到家乡之后的事了。整整半个月的时间,景云都在忙着备考,课余还要跟秦简和方采嘉一起计算真实的数字。她们毕竟还不是专业人士,也拿不到真实的数据,只能根据披露出来的那些可信的信息粗略地逆推。那是个很庞大的工程,即便是顶尖的公司,也需要至少一个月的时间,她们却还是做到了,有些粗糙,也可能还有错误,但那是她们能拿出来的最好的结果。

"虎仔怎么说?"

"他让我们自己忙,害怕他在场的话我们会顾及他的感受,放不开手脚。"

景云边说着,边收拾着行李。寒假已经来临了,学校里的人陆续离开,景云也不例外。秦简家在本地,倒没什么东西可收拾的,她一直帮景云整理着衣物。刚开学时她只有一个行李箱的用品,如今整个宿舍却都堆满了,不管是衣服也好,还是别的也好,其中大部分都是岑亦湛送来的,景云不好意思收,却管不住秦简喜滋滋地替她拆了包装。景云的脖子上还戴着那条地球形状的项链,她望了一眼床头的香水,是他常用的那个,但无法带上飞机,思来想去,还是决定先放在宿舍里。

"他不送你吗?"

"他哪有空?"

秦简笑了起来,道:"说的也是。"

其实早上他们已经见过了,还是在凌晨五点那样的时刻,岑亦湛执意想送景云去机场,景云却一口拒绝了:"相信我,还是坐地铁比较快，等你回家了，我们还能见到的。"

"我怕春节根本回不去，"岑亦湛有些疲倦地说，"电影是情人节上映，在此之前一定很忙。"

景云怔了怔，望着他低垂的眼睛，他好像真的累了，总是无精打采的，也不知道是工作的事还是家里的事，让他有些消沉。

景云忍不住捧起他的脸，笑着说："那我去找你！"

他这才笑了起来："也行。"

恋爱之后的第一次分离，也不知道需要多长时间，两个人都恋恋不舍的，却还是不得不说再见。景云一直在吃糖，就在岑亦湛吐槽"你跟你爱豆为什么总是在吃糖"的时候，她主动吻住了他的嘴唇，并得意扬扬地说："这次是甜的！"

岑亦湛顿了半天，才捏了捏她的脸。

收拾好行李之后，景云跟秦简紧紧地拥抱了一下，才拖着行李离开。大学的第一个学期，就这样结束了，跟她计划中的略有差别，但依然是不可思议的几个月。她一路上都戴着耳机，听着易祺坤的最新单曲，地铁的广告正在播放《本色出演》的宣传片，演的是那对情侣刚认识的情景。便利店里，宫莹莹把一个口香糖放在柜台上，岑亦湛扫码，念出价格，她在口袋里翻找着硬币，他则耐心地等待着，在她看不到的时候，才凝望着她，嘴角浮现一个不易觉察的笑容。

"好帅！"景云听到旁边的女孩说。

她也跟着低头笑笑，其实早在几周之前她就看到过那个片段，是夏鸣发给她的，特意做成了动图，道：这就是小老虎想你的样子！你快点儿跟他分手！我不想再看到他这种表情了！把那个炫酷的虎仔还给我！

结果电影里还是用了这个镜头。真是个细腻的故事，想不到要

买什么,才去买口香糖,为了多一点时间相处,才用硬币结账。

但观众能看懂吗?

景云的手机忽然振动了一下,她拿起来看了看,是沈沐怡发过来的:你几点到?

下午三点。

那我在机场等你,我们一起回市区好了。

好的。

地铁到站,景云收起手机,拖着行李往外走。

她有她自己的仗要打。

景云人生中的第一个朋友,是宋涤尘带来的。

高一刚开学,她去找他,他独自坐在教室的最后一排,漫不经心地翻着课本。景云想要叫他的名字,又有点儿害羞,这时一个笑容满面的女生走过来问:"请问你找谁?"

沈沐怡其实是个相当可爱的女孩子,小圆脸,大眼睛,总是一脸阳光,让人觉得舒心。

只是在景云的旁边,她好像就没那么瞩目了,毕竟景云是个灵气满溢的女孩子,总是能吸引别人的目光。

"宋涤尘,坐在教室最后一排的那个。"景云指了指给她看,她一脸惊讶,问:"怎么写?为什么会有这么奇怪的名字?"

"洗涤的涤,红尘的尘。"景云有些骄傲地说,她一直都很喜欢他的名字,有种出尘而超脱的感觉,就像他本人一样。

为了多一点时间相处,拿硬币去买口香糖这种事情,其实是沈沐怡那样的女生才能做出来的。在填报志愿的时候，沈沐怡特意跑来跟景云商量过，"你跟小尘都会去北京对不对？"

景云点点头，她便道："那我就去上海好了。"

两句毫无承接关系的对白，背后却是彼此都心知肚明的心事。在青春期里，她们只能用这种办法把真实的自己藏在那些漫不经心的对话后面。而如今，所有的周全都变成了错过，有种淡淡的惆怅。

一走出出站口，景云就看到了沈沐怡，她尖叫起来："为什么连你也学会化妆了？当代大学生里是不是只有我一个人不会化妆啊？"

"你可以借岑亦湛的化妆师啊！"沈沐怡也跟着打趣她，接着才正了正色，问，"他还好吗？"

"暂时不用担心他，他是站在我们这边的。"景云问，"不过财报你看了吗？岑华胜最后会怎么样？"

"罚款是跑不掉的，之后应该强制退市，五年内都不可能再上市了。"沈沐怡是学法律的，景云估计她私底下也出了不少力。这时代需要他们这样的年轻人，景云的爱豆夏隼佑说过，他们要打破那些陈旧的规则，带来一个全新的世界。

想到这里，景云才问："你当初为什么让我小心岑亦湛啊？"

"我爸爸的车有一次刷蹭到岑家老二的车子，结果快被折腾死了。"沈沐怡也有些不好意思，跟景云一起到出租车前，打开后备厢，吃力地拎着行李，道，"反正我就是怕岑家人。"

出租车司机主动下车帮她们两个放行李，听到这话便说："岑华胜？据说岑华胜要破产了！以后就不用怕他了！"

连司机都喜气洋洋的，仿若过节一般。南方的冬季，细雨飘落，视野内逐渐是她熟悉的城市景观，她咬着指甲，有些难过地想，等岑亦湛下次回来的时候，这城市，恐怕就不再是他熟悉的样子了。

几个人约了好久，才总算见到岑华胜的面。地点是在岑华胜自己开的酒楼里，装修格调一塌糊涂，金灿灿的一大片，恶俗至极。景云和宋涤尘，以及岑亦湛推荐的律师已经在那里等他了，他却故意迟到了半个多小时，带着律师团雄赳赳气昂昂地走了进来。景云皱眉盯着他，他顶着一个肥硕的肚子，脸上是因酗酒带来的不健康肤色，也不知道怎么生出岑亦湛那么帅的儿子来的。

他一落座就把目光落到了景云身上，问："你就是我儿媳妇？"

景云一个白眼翻了上去，为了这句话，她简直想当场就跟岑亦湛分手。

他们根本不给他插科打诨的机会，律师翻开了文件夹就开始声明他们的要求和条件，景云和宋涤尘则在一旁辅助。说到一半，岑华胜就打断了他们，问："你就是宋友来的儿子？看来你爸爸还没吸取教训啊！"

他点了烟，故意把烟灰弹到宋涤尘的杯子里，宋涤尘却不气不恼，很平静地把面前的文件夹推了过去，道："我们已经帮你算清楚账了，保险公司给你的赔偿里包含劳工的意外赔偿和失业补助，我不需要你的封口费，我只想让你把我们应得的还给我们，以及登报道歉，不然的话，坐在这里的就不是我们几个，而是保险公司了。"

景云把一本《证券法》法规放到他面前，替他翻开，指着画线的部分道："还有，信息披露违规，格隆已经注定要退市了，只是罚款力度的问题，这个，你的律师比较清楚。"

她望了那几个律师一眼,他们接过那几本财务数据,翻了翻,才正襟危坐。

岑华胜却始终不为所动,用力地吸了一口香烟道:"你们证明不了我提前就知道工厂会爆炸,那些文件说明不了什么的。"

"我能证明。"房门忽然被推开,岑亦湛走了进来。

景云和宋涤尘都呆住了,他们之前特意说过不让他来的,结果他还是来了。他气喘吁吁地走进来,环顾了房间一圈,才走到景云身后,把手搭在她肩膀上,又看了看宋涤尘,俯身对岑华胜说:"爸,你把欠他们的都还了,我可以让外公借钱给你,也会帮你分摊那些债务。"

他很紧张,景云能感觉到他颤抖的双手。其实他根本证明不了什么,她已经问过沈沐怡了,岑亦湛听到的那个电话内容什么也证明不了,何况他当时还未成年,在法律上可信度很低。但他还是站在了他们身后,恳求般地望着他。

那毕竟是他爸爸。

景云忍不住握住他的手,目不转睛地望着岑华胜。

岑华胜也望着他们,目光从几个人脸上一一划过,最后才落到岑亦湛身上。他很讽刺地笑笑,灭了烟,接过律师手中的文件夹道:"我不需要你的钱,我白手起家时你还没出生,你该不会以为一次破产就能吓到我吧?你们这些小孩子知道什么?从创业到现在,我什么事情没遇到过?什么苦没吃过呢?我还有的是时间,二十年前我能成功,现在也一样。"

他拿过笔,看也不看就签了字,之后又说:"难得回来一趟,记得去看看你妈,别一天到晚就想着女孩子!"

他分别瞪了三个人一眼,站起来走了。他的律师收拾好东西,之后也跟着离开了。

待他们都走了,景云才站起来问:"你怎么回来了?"

"我想了想,我在的话,他的气焰才能低一些,我不太相信他能当着我的面撒谎,他在我面前,可能还是有所顾忌的。"岑亦湛低着头,细细抚摸着景云的手指,之后才望向宋涤尘。

宋涤尘站在窗前,背对着他们。南方没有暖气,窗外又在下雨,是一种深入骨髓的冷。他一动不动,只是静静地看着楼下。

景云走过去,才发现是冬樱花开了。

冬天的樱花,因为失去了绿叶的衬托,会有种萧瑟的美。细雨构成的雨帘让那些花看起来灰蒙蒙的,那陈旧而哀艳的粉色花瓣,如同他失去的少年时光,最后只能随着雨滴落入泥泞里,跟大地融为一体。

"我们是不是特别棒?"景云忍不住问。

宋涤尘转过头,对她笑了笑,才说:"是。"

无论是感情也好、理想也好、成长也好、人生也好,他们终究是一起越过去了,和气地、体面地、理智地,成了他们最终想要成为的样子。遇到宋涤尘,依然是她青春期里最美好的事。她会牢牢记得他们一起度过的那些时光,记得那些雨滴和彩虹,记得风中的树木的气息,记得那些来不及诉说的想念……那是跟爱情无关的事,却是让景云成为现在的自己的事。在这样的人世间,相遇已经足够温暖。

但现在,到了说再见的时候了。

她的眼睛湿漉漉的,望着他说:"以后有什么事,不管什么事,如果我能帮忙的话,请你一定要告诉我。"

宋涤尘看了看她,又看了看她身后的岑亦湛,缓缓地说:"好。"

可是他们都知道他不会的。

"再见,小尘。"景云又望了他一眼,才拉着岑亦湛的手走出去,岑亦湛也冲他点了点头,那眼神里似乎有太多的话要说,但事到如今,也大可不必说。

就这样吧,韶华时光已过,也许将来老了,他们还有机会再次见到,在这座小小的南方城市,而不是北京那么大的地方,可以坐下来一起喝杯酒,聊一聊人生这件事。

景云擦着眼泪,正准备跟岑亦湛一道上车,忽而扫到一个身影缓缓走近,沈沐怡撑着一把伞,遥遥地看着景云和岑亦湛。

还是和那一年一样,女孩子们总是把心事都藏在伞下。之前宋涤尘有他的抱负要实现,现在呢?

景云还是不大确定,却给了沈沐怡一个鼓励的神情,沈沐怡冲她点了点头,两个人就像在填志愿的时候一样,完成了一个静默的交换。

6

爱是不可或缺,是遇见,是彼此为伴。

送景云到家后,岑亦湛才皱眉问:"我是不是从一个富二代变成一个负债累累的穷光蛋了?"

"你不是当红新星吗?理论上也不至于太穷吧?"景云故作惊诧,道,"你要是太穷的话,我爸不会让我跟你结婚的哦!"

岑亦湛立即扬眉:"结婚?"

糟糕!

景云立即道:"少臭美了!我刚才差点儿就准备跟你分手了!

一想到我将来还要跟你爸爸见面,我真是恨不得重新找个男朋友!"

"祸不及家人!孩子是无辜的!"岑亦湛道。

景云这才哈哈大笑起来。

他探头望着窗外,那就是景云长大的地方。

结果她却说:"你别想了,我妈现在还沉浸在失去小尘这样一个好女婿的悲伤里,你一时半会儿应该过不了我父母那关的!"

"为什么?"

"主要是因为……"她捏了捏下巴,道,"我讲了你超多坏话的……"

岑亦湛转过头去,瞪大眼睛看着她,她却理直气壮地说:"拜托!青春期的宝贝女儿被黑暗恶势力少年搭讪这种事,正常的父母都会紧张的!"

"黑暗恶势力……"

"所以说,还是不要跟陌生女孩子搭讪比较好!"

"我这辈子就主动跟陌生女孩子搭讪过那么一次,都快有心理阴影了好吗?"

"心理阴影?"景云侧过头来,岑亦湛立即改口,"人生奇遇!"

景云忍不住望着他笑。

手机忽然振动起来,景云打开,看了一秒就尖叫起来:"我的天!"

"怎么了?"

"夏隼佑居然拍了部微电影,免费放送!"

"讲什么的?"岑亦湛也好奇起来。

"一个男孩子爱上一个女孩子的故事!叫《情书》。"

"我也要看。"

景云凑了过去,把手机放在两个人中间,电影足足有半个小时,至少这半个小时,他们是没什么人打扰的,可以专心沉浸在别人的故事里。他们脑袋挨着脑袋,景云偷偷看了看他认真的面孔,想起第一次见面的时候,就在距离这条街不远的地方,当时他说:"我叫岑亦湛,你叫伊景云,现在我们算认识了。"

那个认识,和真正的认识,中间隔了三年的时间。

但相逢——相逢从来都不会晚。

她抱着他的脑袋,小声说:"喜欢你哦!"

"也喜欢你!"岑亦湛揽住她的肩膀,并吻了吻她的额头。

尾声

　　这就是"过气艺人"的情人节,没有烛光晚餐,也没有钻石玫瑰,
　　有的只是两个人安安静静地待在没有人知道的角落里,看着别人闹腾。

"你公布就公布！拍什么微电影啊？我以后要怎么上学？"

"生日礼物嘛！"夏隼佑道。

思雅瞪了他半天，才拿起抱枕打他："谁会想收到这样的生日礼物啊？"

"本来还觉得……挺浪漫的！"夏隼佑也尴尬地抓了抓头发，筹备了那么久，结果，把私人生活拍成电影就有些诡异了，虽然成片效果很好，完全可以给所有人一个交代。他捂着脑袋，避开她飞过来的抱枕，又拉住她的胳膊，讨好式地把她拉进自己怀里道："快开始了！"

2月14日，思雅跟夏隼佑过了第一个情人节，是在那座牧场里。自从羊驼去世之后，他已经两年没来过了，至少，这里是暂时没有记者知道的地方，可以安安静静地度过这一天。

思雅还是气恼地望着他，虽然说她少女时代的预感和幻想都成了真，但提起这件事还是崩溃万分。早在十二月末，他就提醒过她不要再上网了，说是寒假有礼物要给她，结果却提前了整整半个月，她毫无防备，还在食堂跟导师吃着饭，叶子孟就突然冲了进来，也不管周围有多少人在场，拉着她就道："你跟我走！"

美院里人人都知道叶子孟的性格，连老师都给她三分面子，思雅纳闷地问："这是怎么了？"

"学校从今天开始要加强安检，一个外人都不能放进来！"叶子孟道，"夏隼佑那个白痴！"

只说了这么一句话，整个食堂里的人都大叫起来："哇！终于公布了吗？"

连老师都掏出了手机开始搜索，但微博根本打不开。不过好在学校里的同学也都经常能见到夏隼佑，知道迟早会有这么一天

的，他们忽然都站了起来，纷纷商量着："娱记会来吗？我们学校怎么办？"

"没关系，佑佑已经跟娱记打好招呼了，说是不让来学校捣乱。"

"那公寓那边呢？思雅的住址会不会早就被人知道了啊？"

"看来也得提防一下才行。"

思雅从头到尾都很惶恐，她被叶子孟拉着上了车，吨吨冲叶子孟点了点头，就驾车离去，他们以最快的速度把思雅送到了夏隼佑家——确切地说，是夏成雄家。

思雅还记得车子停下来的时候她浑身都僵住了，紧紧地抓着车子扶手，连下车的勇气都没有。吨吨替她拉开车门道："你放心，记者不敢来这里。"

"我怕的又不是记者！我怕的是……"

正说着，房门就被打开了，夏成雄缓步走出，身后跟着顾琳和夏隼佑。他遥遥地望着车内的思雅，思雅下意识地抖了一下，望着那个小时候就在电视上看过无数次的"帝王"，当真是一动也不敢动。

"你就不要盯着人家小姑娘看了，遇到你儿子已经够惨的了！"顾琳挽着夏成雄的手臂，甜甜地冲思雅笑了笑。

"遇到我怎么就惨了？"夏隼佑不满地嘟囔了一句，才走到车前，冲她伸出手来，思雅惶恐地拉住他的手，走出来，藏在他身后，紧张地望着那对夫妇。

夏成雄上上下下地打量了两个人半天，才说："好好待人家。"

"好的！"夏隼佑开心地冲思雅笑了笑，结果又被突如其来的一个回头吓得站直了身体。

"陈易那边打好招呼了吗？"

"打好了。"

233

"媒体那边呢？"

"也都说好了。"

"那你躲在家里干什么？"

"这不是……给您看看吗？"夏隼佑有些腼腆地抓着头发，夏成雄瞪了他半天，才道："人家女孩子都快吓哭了！"

"你自己知道你吓人，还不改改？"

夏成雄抬了抬下巴，道："你有本事再大声一点！"

"我不敢了！"夏隼佑面不改色，说，"那我走了啊，记者问起你就说你早就知道了，你要是骂他们什么的……反正我也管不着……"

夏成雄又看了看思雅，并对她笑了笑，就转身离开了。顾琳则冲夏隼佑挤眉弄眼的，之后跟着进了房间。

"我就说不会有事的，你还非要带她来。"吨吨摊了摊手，无奈地说。

"第一个女朋友啊，好歹要打声招呼的。"夏隼佑回过头去，才发现思雅悄无声息地哭了起来，明知道她为什么哭，却还是忍不住开起玩笑来，抱住她说，"没事的，你不会经常见到我爸的！"

"你干吗突然……"她根本就说不出话来，也说不清是因为快乐，还是因为难过。

"不突然啊，我准备了好久。"说到这里，夏隼佑才抓了抓头发，赫然想起什么似的，道，"还有部电影呢！"

思雅抬头，吓得连哭泣都忘了，瞪大眼睛。

"你放心，寒假过后就没人记得我了。"

"怎么可能？"

"以后就是小老虎的世界了。"

尾声

思雅想了半天,才反应过来,喝道:"你居然祸害你的粉丝!"

"不会的,我对景云小朋友有信心!"

果不其然。

一月,在岑亦湛大规模的曝光之后,那些因为夏隼佑恋爱而脱粉的人,就像发现了新的猎物一样,集体开始关注这个冷冰冰的桀骜不驯的新人。《本色出演》的点映会结束,媒体都给了岑亦湛很好的评价,直接称呼他为"夏隼佑的接班人"——跟上一个"接班人"相比,这一位正式得多,尤其是得到了夏鸣的站台。

情人节那天是首映会,夏隼佑和思雅窝在沙发里,边吃着零食边看网络直播,岑亦湛还是那副拒人于千里的表情,穿着别具一格的时装,莫名其妙地戴着一块儿童手表,面对记者的采访,也还是有一说一,眉毛微微蹙着。

"你对夏隼佑公布恋情怎么看呢?"

"挺好的。"

"景云今天来了吗?"

"不知道。"

"情人节怎么过?"

"工作啊!"

他还是那副随心所欲的样子,手插着口袋,一脸不耐烦。盛装的夏鸣从他身后经过,想也不想就一个巴掌打了过去:"你给我好好宣传!"

"哦……"岑亦湛揉了揉脑袋,才对着镜头,很勉强地笑了笑,"希望大家能来影院看电影……"

思雅一看到他那副表情就笑了起来,说:"他怎么这么好笑?"

"另外这个也很好笑。"夏隼佑躺在沙发上,打开手机,找到景云的微博。果然，她不负众望地发了一句：我不在现场！别找了！

夏隼佑找到角落里的那个大拇指，点上去，之后评论：祝景云小朋友情人节快乐！

她很快就回复了：也祝偶像大人情人节快乐！

一转头，她又愤怒地回复其他人：都说了不要乱给我取外号！

夏隼佑笑了起来。

这就是"过气艺人"的情人节，没有烛光晚餐，也没有钻石玫瑰，有的只是两个人安安静静地待在没有人知道的角落里，看着别人闹腾。烤箱"叮"的一声，思雅兴奋地跳了起来："我的小羊排好了！"

长窗外忽然飘起了小雪，她呆了呆，夏隼佑跟了过来，从身后抱住她，把下巴抵在她的脑袋上，静静凝望着。

（本季完）